逃げて、追われて、捕まって

character
サラの両親
平民。愛情をもって
サラを育てている。
ブラッドリー
サラと同じ学園に通う
大公爵子息。
実直な性格で
騎士を目指している。
ヴィンセント
サラの通う学園の
生徒会長。
本人は、サラの前世の夫だったと
主張するが……
サラ
前世の記憶を持つ平民の少女。
前世では不幸な王妃だった。
その経験から
貴族社会を嫌っている。

アルジャーノン
百年前の王で、エレノアの夫だった。
通称、アルジー。
ヴィンセントの前世だという。
ベン
エレノアが
幼いころに知り合った
謎の青年。
エドワード
百年前、
城に仕えていた研究員。
引っ込み思案でおとなしいが
エレノアとは親しくしていた。
エレノア
サラの前世。通称、エリー。
サラの記憶では、傲慢な策略家で
周囲に嫌われている
孤独な王妃だった。

目次

逃げて、追われて、捕まって

プロローグ

これで全てが終わる。
私の思いも、意思も全て。
最初から、私自身を必要としてくれる人はいなかったじゃない。
王である夫も、親兄弟も、取り巻きも……
そうわかっていたのに、どうして信じてしまったのかしら。
本当に馬鹿よね……
でもね、そんなのもうどうでもいい。
私にとってはただ……愛する彼の願いを叶えることが、幸せなのだから。
薄暗い部屋の中で満月を見上げ、ワイングラスを手に取る。
血のように真っ赤なワイン。月へ翳《かざ》せば、キラキラと光って見える。
その幻想的な光に酔って一気に呷《あお》ると、熱い液体が喉を通り抜けていった。
焼けそうなほどに熱く、痛い。
息苦しさにその場に倒れ込んだ私は、ゆっくりと目を閉じていった。

その刹那《せつな》、瞼《まぶた》の裏に現れたのは……愛しい愛しい彼の姿。

（あなたが笑っていてくれる、それが私にとって何よりも幸せだわ）

そのまま意識が遠ざかり、私の短い人生は幕を閉じた。

† † †

次に目を覚ますと、私は見慣れない部屋にいた。

あれ……生きている……？

まさかそんな。あの毒を飲んで生きているはずがないわ。

それにしても、なんだか視界がぼやけているわね。それに……とても埃《ほこり》っぽいわ。

ここはどこなのかしら……？

そんなことを考えつつ体を起こそうと試みるが……うまく動かせない。

なぜか自然に涙がこぼれ、私は大きな声で泣きわめいていた。

感情をコントロールできずに戸惑う私の顔を、誰かが覗き込む。

その視線は初めて自分に向けられた、慈愛《じあい》の光に満ちたもの――心が温まる優しい微笑《ほほえ》み。

「可愛らしい女の子だ。この子の名前は『私たちの王女』という意味を込めてサラにしよう」

「えぇ、とても良い名前ね。サラ、生まれてきてくれてありがとう」

そうして月日が流れ、物心がついた私は、ようやく自分が置かれている状況を理解する。

私の名前はサラ。平民地区にある、小さな商店の一人娘だ。

母はしっかり者だけど、おっちょこちょい。父は優しくて頭が良くて、とっても頼りになるの。

だけど、私には別の人間の記憶がある。

その記憶の中での両親は、侯爵家の者だった。彼らは政略結婚だったせいか、仲は冷え切っていたようだ。

父は私に無関心で、母は私を嫌っていた。

あまりにも今と違いすぎる。

そう……どうやら私は前世の記憶を持ったまま、生まれ変わったらしい。

もっとも生まれたばかりのころは鮮明に覚えていたものの、物心がついた時にはもう一人の私が歩んできた人生の記憶は大分薄れていた。

それでも前世で得た知識やマナー、そういったものは体に染みついていて……忘れることはない。

かつての私は、この国の王妃だった。

生まれは侯爵家でも下位のほうだったので、通常、この国では簡単に王妃になどなれない。

それでも私は王妃になった。

邪魔者を蹴落とし、騙《だま》し、陥《おとしい》れ、汚い手でのし上がったことをなんとなく覚えている。

どうして王妃になりたかったのか……理由は思い出せないが、想像するに高飛車で傲慢《ごうまん》だった私は、きっとそのステータスに惹《ひ》かれていたのだろう。

そうしてようやく王妃になったのだが、その生活は幸せなものではなかった。

王は愛人を作り、私に会うことはない。

子をなすために体を合わせても、彼の心は私の傍《そば》になかったのだ。

そんな惨《みじ》めな自分を認められなかった私は、周りに当たり散らし、最後は一人になった。

押しつぶされそうな心に、部屋で一人泣きわめく毎日。

最期の記憶は月明かりが差し込む部屋で、一人酒を呷《あお》る姿だ。

飲んだワインに毒が入っていたのだろうけれど……あれは誰かに入れられたのかしらね。

のし上がるために……色々としていた気がするから、恨まれて当然。

まさかそんな自分が平民に生まれ変わるとは、思ってもいなかった。

正直……平民に生まれたと知った時は絶望したわ。

汚いし、なんだか臭いし、マナーだって見られたものじゃない。

でも今はそんな生活を楽しいと思っている。

なんていったって平民は貴族とは違い、自由。

前世では、勉強しろと部屋に閉じ込められ、外で遊ぶことなんてできず、友達だっていなかった。

たまに開催されるお茶会では、皆自慢話に花を咲かせ、牽制《けんせい》ばかり。上辺だけの笑みがあふれていた。

毎日毎日朝から晩まで、マナーやありとあらゆる学問、ダンスに楽器……今考えれば、昔の自分はよく頑張っていたと思うわ。

加えて、自由な恋愛ができない。

家のための結婚が当たり前だった貴族社会。周りで恋愛結婚する人は少数だった。

でも平民は違う。

自由を奪う鎖《くさり》なんて、どこにもない。

子供が子供らしくいられる世界。朝起きると、母が手料理を作って待っている。父はいつも私を優しく見守っていてくれる。

上辺をとりつくろうことや意味のない勉強なんてしなくても良い。

父はいつも「好きなことをやりなさい、父さんはサラの力になるから」と言ってくれるのだ。

その言葉に私は救われているの。

(今世は、なんて素晴らしいのかしら！)

これには時代の違いもあるのかもしれない。平民として暮らしているここは、過去の私が生まれた地と同じ。でも時代は、かなり進んでいた。

前世の私が暮らしていたころは、貴族と平民は同じ地域に交ざって住んでいたのに、現在のこの街は、貴族が住む地区と平民の暮らす地区が壁で仕切られている。

城を中心に、西側が貴族のエリア、東側が平民のエリア。行き来するには、城の前に設置されている門を通らなければならない。

門の通行は十八歳になるまで許されず、今の私が貴族街へ赴《おもむ》くことはなかった。

だから、貴族の影響をほとんど受けないのだ。

十五歳になった私は、今日も外で思いっきり体を動かし、広場で走り回ったり、友達とおままごとをしたり。生意気な少年に鉄槌《てっつい》を下したりね……ふふっ。

ところが、そんなある日。私のもとへ一通の手紙が届いた。

王都一有名な学園の名が記載されたそれには、入学テストを受けるための推薦状が入っていた。

前世では平民が学校に通うことはなかったが、今では平民用の学校がいくつもあり、私はそこで優秀な成績を収めていた。前世で学んだ記憶があるおかげだが……

それはともかく、今は貴族が独占していた知識を平民も共有できる。そんな素晴らしい制度は百年ほど前に作り出された。なんとそれを制定したのが、前世の夫であるアルジャーノン王だ。

さて、推薦された学園の名前には覚えがあった。

前世の私が通っていた、貴族のための高等教育が行われる学園だ。この学園の生徒であれば、特例として平民でも貴族地区に入れる。

学園に良い思い出など一つもない。

(あの場所へ行くなんてまっぴらごめんよ)

私は手紙を無造作にゴミ箱の中へ放り込むと、静かに部屋を後にした。

けれど、父に捨てた推薦状を見つけられてしまう。

父は部屋にやってくると、私の顔を見つめた。いつもの優しい瞳とは違う、真剣な瞳をして無言で紙を差し出す。

「お父様、どうして……?」

「ゴミの中に交ざっていたのを見つけたんだ。サラ、いいのかい？　王都一の学園への推薦状だよ」

「いいのよ。だって私は平民だもの。貴族様とご一緒だなんておそれ多いわ」

そうごまかしながら笑みを浮かべると、父は私の隣に腰かけた。

「サラ、私はサラが決めた道がどんな道でも応援したいと思っているんだ。だけどね、もっと広く世界を見てほしいとも思っている。この学園でしか学べないことがきっと沢山《たくさん》あるはずだ。それは必ずサラの力になる」

今まで決して私のやることに口を出さなかった父の初めての忠告。

父は私に前世の記憶があることをもちろん知らない。

ただ、王都一の学園を卒業するとステータスが得られる。そのチャンスを娘に与えてやりたいと考えたのだろう。

（……お父様の言う通りだわ）

私は考え直した。

あの学園を主席で卒業できれば、平民でも城で働ける。高収入を得られ、両親を助けられるのだ。

（過去は過去よね、私は今を生きているのよ。ここまで育ててくれた両親に恩返しをしたいわ）

差し出された推薦状を父から受け取ると、私はギュッと強く握りしめた。

そんな私に、父はいつもと同じ優しげな笑みを浮かべる。それを見て、自分の決心が間違っていなかったとほっとした。

推薦状と一緒に入っていた案内に目を通すと、試験に高得点で合格すれば、特待生として入学できるとも書かれている。学費は免除され、制服や教科書など、必要なものは学園が負担してくれるそうだ。

この条件なら、両親に迷惑をかけることもない。

私は綺麗に折りたたまれた入学願書を広げ、サインをした。

学園に入学すると決め、私は指定された試験を受けた。そして無事に合格通知が届く。

当たり前だ、百年前といっても、一度入学した学園。テストの傾向は大体わかる。

そうしてしばらくすると、生活に必要な道具が送られてきた。

その中に制服がある。

昔と変わらないデザインだったせいで王妃であった自分の姿が頭にチラつき、私は不安になった。

（違う……今は貴族ではない。きっと大丈夫。私はあんな嫌な女にはならない）

前世の自分を振り払い、入学祝いに父がプレゼントしてくれた茶色いカバンを視界に入れる。

平民には贅沢《ぜいたく》すぎる丈夫な革のカバン。

私のために父と母が無理をしてくれたのだろう。

（だから……）

だからきっと大丈夫、今度は静かに穏やかな学園生活を送るのよ。

心の中でそう決意すると、磨《みが》かれたカバンを強く胸に抱きしめた。

第一章

学園の入学式当日。

気を引きしめ登校した私は、学園長室に呼び出され、学園長から新入生代表の挨拶《あいさつ》をお願いされた。

それを聞いて懐かしくなる。

(貴族だった私もこの挨拶《あいさつ》を任されたわね)

これは入学テストで一位を獲得した者に与えられる名誉なのだ。

けれど、平民の代表は初めてだとも説明される。

過去の私であれば、飛び上がって喜んだろうけれど……今は全く嬉しくない。

挨拶《あいさつ》をしたら目立つことは間違いなかった。

(平民が貴族社会にしゃしゃり出て、良いことは一つもないわ)

私は静かに、そして平穏な学園生活を送りたいの。

断ろうと口を開こうとしているのに、学園長がマシンガントークを続ける。

その圧倒的な押しに、私はグッと言葉を呑み込んだ。

(今はダメね。もう少し様子を見て……)

学園長の顔色を窺《うかが》い、ようやく話が一区切りつきそうになったところで、静かに息を吸い込み顔を上げた。

その刹那《せつな》、シーンと部屋が静まり返る。断ることなど許さないと言わんばかりの威圧的な瞳と視線が絡んだ。

「これは伝統的な行事だ。……もちろん受けてくれるだろう？」

学園長は微笑《ほほえ》んでいるが……瞳の奥は笑っていない。

（これは無理ね。断って特待生を外されても困るわ。……当たり障《さわ》りなく挨拶《あいさつ》をして、さっさと終わらせましょう……）

私は学園長を見つめて苦笑いを浮かべ、コクリと深く頷《うなず》いた。


生徒が集まる広間に向かうと、そこは昔通っていたころそのままの姿だった。

壁には美しい金の装飾が施《ほどこ》され、天井にはシャンデリアがいくつも並べられている。

（学年によってネクタイの色が違うのも同じね。変わったものといえば……生徒たちの雰囲気くらいかしら）

あのころ、平民はいなかったため、学園は貴族たちの社交場になっていた。

（ふふっ、懐かしいわ）

辺りを眺めながら進むと、その先に演壇が見える。両脇に色とりどりの花が飾られていた。

前世の私もあの壇上に立って、挨拶《あいさつ》をした。

あのころは自分がトップであることを当然と思っていたけれど、今は平民。できる限り貴族に目をつけられたくはない。

（挨拶《あいさつ》は短く簡潔にね……ふぅ……）

私は演壇の裏へ静かに移動する。すぐに入学式が始まり、学園長から新入生たちへの歓迎の言葉が耳に届いた。

しばらくして、同じことを何度も繰り返す長い話が終わる。在校生の挨拶《あいさつ》になり、制服姿の貴族が壇上に姿を現した。

もちろんこの挨拶《あいさつ》も、学園でもっとも優秀な者が選ばれる。声を聞く限り男性だろう……

私はこっそり陰からその姿を覗いてみた。

透《す》き通《とお》るように美しい顔立ちの男子生徒が、爽《さわ》やかな笑みを浮かべて話している。

風貌《ふうぼう》や立ち振る舞いを見る限り、かなり高位の貴族で間違いない。

（はぁ……憂鬱《ゆううつ》だわ……）

昔と変わっていないのであれば、彼は生徒会の一員だ。平民が彼と同じ壇上で話すなんて、生徒会にあこがれている生徒たちに嫉妬《しっと》されるに決まっている。

私がそんなことを考えている間に挨拶《あいさつ》が終わったらしく、会場から盛大な拍手が湧き起こり、挨《あい》拶《さつ》を終えた男子生徒が私に近づいてきた。

私は慌てて姿勢を正し、彼の邪魔にならぬように数歩後退《あとずさ》る。

頭を下げ通り過ぎるのをじっと待っていたのに、彼は私の前で足を止めた。

「ご機嫌よう、君が平民初の新入生代表かな？」

頭上から響くその声に顔を上げると、青い瞳に私の姿が映っている。

映り込む自分の姿になぜかゾクリと背筋が凍り、胸の奥からモヤッとした何かが込み上げた。

（何かしらこの気持ち？　苦しい……いえ悲しい？）

わけのわからない感情に戸惑うものの、彼の青い瞳から視線を逸《そ》らせない。

王妃姿の自分が脳裏を過《よぎ》り、鈍器で殴られたみたいな激しい頭痛に襲われた。

あまりの痛みにその場で蹲《うずくま》った私を、彼が支える。

「どうしたんだい？　気分が悪いのかな？」

触れた彼の手から温もりが伝わってくる。私は咄嗟《とっさ》にその手を振り払った。

パシッと乾いた音に我に返る。

（私は……今何を？　貴族になんてことをしてしまったの⁉）

焦って、何度も深く頭を下げる。

「申し訳ございません、私は……」

「いや、僕のほうこそごめんね。それよりも大丈夫かな？　そろそろ君の出番だけれど」

柔らかいその声に恐る恐る顔を上げる。舞台では学園長が私の名を読み上げていた。

私はもう一度深く頭を下げ、呼ばれる声に歩き始める。男子生徒は頑張ってと言い、舞台の袖へ消えていった。

（彼は一体なんなの？　どうしてこんなに胸が苦しくなるの？）

幸い徐々に頭痛が治まっていく。私は気持ちを切り替え深く息を吸い込む。

壇上に立つと、何百人もの視線がこちらへ集まった。

平民丸出しの姿だからだろうか、生徒たちがざわつき始める。私はそっと口角を上げ、淑女の礼をした。

(大丈夫、王妃だったころはもっと大勢の観衆が見ていたわ。さっさと終わらせて、静かな学園生活を送るのよ)

集まる視線を眺めつつゆっくりと話し出すと、騒がしかった会場はシーンと静まり返った。


無事に挨拶《あいさつ》を終えた私は、舞台袖に下がった。

先ほどの男子生徒の姿がないことを確認する。そのまま脇目も振らずに通路を通り、会場の一番後ろに移動した。

すると、平民の学校で一緒だった長年のライバル兼親友のソフィアが走り寄ってくる。

「おつかれさま、さすがサラね。なんでも完璧にこなしちゃうんだから」

「そんなことないわ。これでもとても緊張したのよ」

「あら、そんなふうには見えなかったわ。それよりもすごいじゃない。あなた入試で満点だったのでしょ？」

「ふふっ、当然じゃない。でもソフィアも上位に入ったのではなくて？」

「まぁね～、ふふふ。次は負けないわよ」

そんな他愛のない話で笑い合う。もっともすぐ新入生を歓迎する音楽が響き始めたので、私たちはその音に耳を傾けた。

そして、入学式は何事もなく終了となる。

私はソフィアと並び、ズラズラと流れる人の波に乗って教室に移動した。すでに多くの生徒たちが集まっている。

制服に高価なアクセサリー、ブローチやスカーフ、ネクタイピンなどをつけている人がほとんどだ。やはり大半が貴族なのだろう。

(私も貴族だったころは、毎日、派手なネックレスと髪留めをしていたわ……懐かしいわねぇ)

改めて彼らを見渡すと、もうすでに貴族社会での戦争は始まっているようだ。

爵位の高い貴族のご機嫌をとりに行く者、家の自慢話に花を咲かせている者。

誰も相手のことなど見ていない。

背景にある家や地位、それが自分に利用価値があるか、後は金や権力。

そんなことばかり考えているのがわかる。

(あぁ～やだやだ)

バチバチと火花を散らして争う醜《みにく》い貴族たちを横目に、私は彼らから離れた席へ腰かけた。

どうやら九割が貴族だ。

残りの一割の平民は、私の周辺に身を小さくし集まる。

(不思議な光景ね)

前世の私が生きていた時代、この学園に平民が通うことなんて想像もできなかった。

色々と変化しているのね……、などと考えながらのんびり雑談を楽しむ。すると突然、私の前へ一人の男が現れた。

服装を見る限り、貴族で間違いない。

女性に騒がれそうな男らしい端整な顔立ちで、情熱的な赤い瞳に、短い紺色の髪の彼は、無言のまま私をじっと見つめ続ける。すると教室内が次第にざわめき始めた。

「あれって、大公爵家のブラッドリー様じゃない？」

「そうよね……どうしたのかしら？」

「あんな平民の女に、どうしてあのお方が……？」

「ありえないわ、ブラッドリー様が平民風情《ふぜい》に近づくなんて」

「もしかしたらあの平民、何かしでかしたんじゃない？」

(――大公爵⁉)

とんでもなく高い爵位に、私は目を見開く。

(ちょっと、なんなのよ。初めて会うはずだし、私……何かした⁉　いや……してない、してないわ！)

そう心の中で叫び、窺《うかが》うように視線を上げる。やはり会った記憶はない。

燃える情熱的な赤い瞳に映し出された自分の姿を見て、私は慌てて視線を逸《そ》らした。

(なんなの……？　どうして私を見るのよ！　何かあるならさっさと話してほしい。沈黙は耐えら

れない!!　もしかしてこれは……私が話しかけるべきなの？　いやいや、平民ごときが話しかけられるお方じゃないわ）

昔の私ならともかく、今は平民。選択を誤り、大公爵家の怒りを買えばどうなるか……容易に想像できる。

なかなか動かない彼に冷や汗が流れる。やがて教室内に異様な空気が漂《ただよ》い始めるころ、彼はようやく口を開いた。

「——俺の婚約者になってくれないか？」

突拍子もない言葉に、口が半開きになる。そのまま顔を上げると、力強い赤い瞳と視線が絡んだ。

何を言われたのか理解できぬままに、私はその場でフリーズする。逆に教室内は、ドカンッと一気に騒がしくなった。

妬《ねた》みや悪態、平民を蔑《さげす》む言葉があちらこちらから耳に届く。

「嘘でしょう、平民に求婚するなんて!?」

「ちょっと聞き間違いよね？」

「ありえないわ、……あぁブラッドリー様がそんな……」

「冗談でしょ。きっと平民をからかっているのよ」

そんな騒がしい声にようやく我に返り、私はそっと目を伏せた。

（この男は何を言っているの？　私が平民だとわかっていないのかしら？）

……いやいや、先ほどの言葉だけでは判断できないわ。

ここで冗談だと決めて流すのは、立場上危険……それなら――

「申し訳ございません、平民ごときが貴族様の婚約者になどなれるはずもありません」

そうなんとか言葉を絞り出し、私は教室から逃げ出した。

教室から離れ、外へ出ておもむろに校舎を振り返る。

先ほどの彼が追ってきている気配はない。

そのことにほっと胸をなでおろした私は、その場にしゃがみ、ズキズキと痛む頭を押さえた。

（一体なんだったのかしら。代表者の挨拶《あいさつ》の時といい、貴族がどうして話しかけてくるのよ⁉　その上、婚約者にしたいって……何が目的なの？）

貴族が平民に求婚するなんて聞いたことがない。私の知る貴族は平民を視界にさえ入れなかった。

明日から始まる学園生活が憂鬱《ゆううつ》になり、ため息が漏れる。

私はそのまま壁にもたれかかり、晴れ渡った真っ青な空を暗い気持ちで見上げたのだった。


翌日。登校すると、学園の敷地内へ入るや否《いな》や、突き刺さるような視線を感じた。

貴族が平民に求婚するという奇想天外な出来事は、噂《うわさ》となってあっという間に学園中に広まってしまったようだ。

（はぁ……私の平穏な学園生活しょっぱなから躓《つまず》きすぎよ……。これも全てあの男のせいだわ……）

昨日《さくじつ》突然、私の前に現れた男の姿が頭に浮かび、苛立《いらだ》ちが込み上げてくる。

（前世の私なら、今ごろ怒りくるっているわ……）

いえ、違うわね……きっと大公爵の地位に喜んでいるか。

だが今の私は平民、大公爵家なんて関わりたくない。

(とりあえず、落ち着かないと)

そう自分に言い聞かせながら、私は周囲の視線から逃げるように、そそくさと廊下を進んだ。

そうして騒がしい教室の扉を開ける。瞬間……シーンと静まり返り、生徒たちの視線が私に集中した。

冷ややかな視線が痛い。

居心地の悪い空気の中、私は脇目も振らずソフィアの傍《そば》に向かう。

彼女はいつもと変わらず、楽しそうに笑いかけてくれた。

「おはよう。さすがサラねぇ～、早々からこんな面白い事件を起こすなんて、ふふふ」

「はぁ……起こしたくて起こしたんじゃないわ。不可抗力よ……。全く、面白がらないでよね」

私は痛む頭を押さえて席へ着くと、深くため息をついた。

「あら～、良いじゃない。ねぇ、あの求婚受けちゃいなさいよ。あなたなら貴族になっても様《さま》になるわ。平民がこんな形で貴族にって、物語みたいじゃない！」

「嫌よ！　私はね、貴族には絶対になりたくないの。平穏に学生生活を終えて、平民として王宮に就職して両親に楽をさせたいだけなんだから」

私の言葉にソフィアは不満そうに顔を歪《ゆが》める。一方貴族たちは、蔑《さげす》みの視線をこちらに向けコソコソと話し始めた。

「平民が調子にのりすぎですわ」

「何かしらあの態度、ブラッドリー様の求婚を無視するつもりなの？」

「それよりもどうしてあんな芋《いも》っぽい平民に、ブラッドリー様は求婚なさったのかしら……」

はっきりと聞こえてくる批判の声に反応することなく、私は授業の準備を始める。けれど突然、教室内が一層騒がしくなった。

ほとんどの生徒が慌てた様子で立ち上がり、私の傍《そば》を離れる。

何が起きているのだろうかと顔を向けてみると、その先に昨日《さくじつ》の彼が佇《たたず》んでいた。

その姿に私は頬を引きつらせ、慌てて視線を逸《そ》らす。

「なんでまた……ッッ」

「おはよう、サラ。昨日は悪い、突然だと……驚くよな。だから返事はまだいい。でも本気なんだ。だから先に俺のことを知ってもらえないだろうか？」

(はぁ!?　この男……何を言っているの？　昨日はっきりと断ったじゃない。平民だとしっかり伝えたわ。なのにどうして……)

私は苦笑いを浮かべて真剣な赤い瞳を見つめ返すと、おもむろに立ち上がる。

「いえ……昨日《さくじつ》もお話しいたしましたが……私は平民でございます。貴族様と婚約はできないと思いますわ」

「そんなことはない。君はとても優秀だし、何より俺は君が良いんだ。それよりも俺の名前はブラッドリー、ブラッドと呼んでくれ」

唐突な自己紹介に目が点になり、開いた口がふさがらない。

（この男、馬鹿じゃないの⁉　平民が貴族を愛称で呼べるはずないでしょッッ）

「いえ……そんな……。それよりもブラッドリー様とは昨日《さくじつ》初めてお会いしましたよね？　なのにどうして私なのでしょうか？　ご冗談であれば他で……」

「まさか冗談なんかじゃない！　さっきも言っただろう、俺は本気だ。入学する以前に、俺は君に会ったことがあるんだ」

（会ったことがあるですって⁉　いやいや……ありえないでしょう）

学園の試験を受けるまで私が貴族街へ行ったことはなかったし、彼も平民地区へは来られないはず。一体どこで会ったというのか⁉

彼の言葉に眉を寄せつつ、念のためその姿をじっくりと観察してみる。

女性にモテそうな甘いフェイス……全く記憶にない。

（これはもしかして人違いじゃないかしら？）

そう言おうと口を開きかけると、かぶせるように彼が話し始めた。

「少しでいい、俺の話を聞いてほしい。俺は大公爵家の――」

勢いに押されて耳を傾ける私に、彼は自分の生《お》い立《た》ちや家族構成などを話し続ける。

けれど、何を聞いても答えは変わらないだろう。

馬耳東風《ばじとうふう》の態度を崩さず突き刺さる周囲の視線に耐えているうちに、ようやく始業の合図が鳴る。

教室に教師が姿を現し、彼は颯爽《さっそう》と立ち去った。

（はぁ……なんなのよ一体……）

解放されたことに私はほっと胸をなでおろしたのだが、授業が終わるとまたブラッドリーが教室にやってきた。

その姿に私は慌てて教室を出て、校庭に向かって走る。

（もう勘弁して……あの男は何を企《たくら》んでいるのかしら）

どう考えても平民である私が、貴族の役に立つ何かを持っているはずがない。

なんだかよくわからないし、とりあえず今は彼を避けつつ様子を見ようと決めた。

翌日、そのまた翌日と……ブラッドリーは毎日私のもとにやってくるようになった。

無視していればすぐに来なくなるだろう、そう考えていたのに……なかなか諦《あきら》めない。

どうすればいいのか頭を悩ませるものの、良い案は未だに一つも思いつかなかった。

「返事はいらない」、「俺を知ってほしい」、「好きなんだ」、「傍《そば》にいたいんだ」。

そんな意味のない言葉ばかり。

（いやいや、そういう問題ではなく、身分の差があるでしょう！）

私のほうからは、はっきりと口にできないが……高位の貴族である彼が理解していないはずもない。

あまりのしつこさにソフィアに助けを求めたのに、彼女は楽しんでいるようで、全く役に立たなかった。

苛立《いらだ》ちが日に日に募《つの》っていくだけで、あっという間に時が流れ、何も解決しないままに一週間が経過する。

正直、心底鬱陶《うっとう》しい。彼が何を企《たくら》んでいるのかさっぱりわからないのも落ち着かなくて嫌だ。

何があろうと、私は貴族になりたくない。

(もうあんな世界に戻るのは嫌。私は平穏に過ごしたいのよ)

……もし貴族になって、昔のように高慢で孤独な自分に戻ってしまったら……

人を蔑《さげす》むかつての私の姿が脳裏に描かれる。私はそれを必死に振り払った。

(それにしてもあの大公爵令息は変な男よね)

貴族は通常、素直に自分の気持ちを表に出さない。

だから彼の態度には絶対に何か裏がある。

たとえば、平民にも気にかける優しい貴族アピール？

いえ、平民にアピールしても良いことなんて何もない。

では、目的はなんなのか？　あれだけしつこいのだ……きっと私の存在が、彼にとって何かしらの役に立つのだろう。

それを見つけ出したいところだけれど、平民の私にできることは少ない。

(あぁ。考えれば考えるほど、頭が痛くなることばかりだわ)

貴族というものは、愛だの恋だの、そんなくだらないことで動かないと、私は知っている。

ドロドロした人間関係に巻き込まれたくないし、関わりたくない。

（お願いだから、平穏な学園生活を送らせてよ！）

私は心の中でそう絶叫すると、煩《わずら》わしい現状に深く深く息を吐き出した。


そうして翌日。私は今日も憂鬱《ゆううつ》な思いのまま学園へ登校する。すると、教室の前で彼、ブラッドリーが待ち構えていた。

その姿に私はギョッとするが、彼は爽《さわ》やかな笑みを浮かべている。

私は頬を引きつらせたものの、無理やり自分も笑みを作ってみせた。

「おはよう、サラ」

「……ッ……おはようございます……」

いつもと同じ元気な彼の声に、内心、深いため息が漏れる。私はボソボソと挨拶《あいさつ》を返し教室に入った。

（こうも毎日来られると気が滅入《めい》るわ。何度もそれとなく迷惑だと言っているのに伝わらない。だけどはっきり拒絶するなんてできないし……）

そろそろなんらかの手を打たないと、厄介《やっかい》なことになりそうだ。

同じクラスの令嬢たちの視線が日に日に棘《とげ》を帯《お》びていっている。

私は言葉だけではなく態度で示そうと強い決意を固めた。

さすがに挨拶《あいさつ》は返すが……視線を合わせることなく、隣で話し続ける彼に無視を決め込む。

（ここまですればさすがにね。何が狙いなのか知らないけれど、さっさと諦《あきら》めてほしい。くだらな

い貴族の争いに巻き込まれるなんて、まっぴらごめんよ）

怒られるのを覚悟してはいるものの、貴族に逆らう恐怖で胃がキリキリと痛み始めた。

ところが、私の失礼な態度に気を悪くすることなく、彼はいつもの爽《さわ》やかな笑みを崩さない。

唖然《あぜん》とした私は小さく唇を噛み、彼から逃《のが》れるように視線を下ろした。

（……ッッ、どうしてこの男は怒らないの？　平民がこんな無礼な態度をとっているのよ？）

さっさと怒って私から離れていってもらわないと困るのに！

（あぁ、もうどうしてそんなに笑っていられるの？）

そういえば、風の噂《うわさ》で聞くブラッドリーの評判は良いものばかり。

謙虚で真っすぐな性格なのだとか。

（いいえ、きっとそれは表の顔よ）

大公爵家の人間ともなれば、綺麗ごとばかりではいかないはずだ。

（……まぁでも前世の私とは大違いね。私は評判すら悪かったもの）

彼は真面目で成績が良く、騎士を目指しているだけあって武術にも相当長《た》けているらしい。

剣一筋で、未だ婚約者も作っていない。

そんな家柄、性格、将来性そろった、貴族令嬢にとっての優良物件を、平民に横取りされたと思われているのだ。恨まれるのは当然だった。

それは困る。

このまま彼に付きまとわれれば、嫌がらせはもちろん、気がつかないうちに誰かに陥《おとしい》れられて、学園にいられなくなる可能性もある。

平民の私にとって、令嬢たちの恨みを買うことはとても恐ろしい。

王妃だった自分が裏で手を回し無慈悲に邪魔な者を排除し続けていたので、彼女たちがどんな手段でも使うことがわかるのだ。

だからこそ、早々にこんな煩《わずら》わしい事態から解放されたかった。

罪悪感に苛《さいな》まれながらも無視を繰り返すこと数週間……それでもブラッドリーは諦《あきら》めてくれなかった。

根負けしたのは私のほうで、次第に彼が近づいてくるのに気がつくと教室から出る戦法に切り替える。

そんなある日。今日も彼を避け、私はコッソリと裏庭にやってきていた。

ここは生徒が少なく、のんびりとくつろげる。

(前世の私もよくここに息抜きに来ていたわ)

上辺だけの笑みで擦《す》り寄る取りまきたち、それに加え私を恨む憎悪の視線。そんな人たちに囲まれた学園生活は苦痛《くつう》だった。

精神的疲労が限界に来ないよう、一人になる場所が必要だったのだ。

蔑《さげす》みに、嘲笑《ちょうしょう》、泣いて許しを請《こ》う人をそのまま踏みつける自分。

(学園生活で楽しかった思い出など一つもなかったわね)

一人、時計台を見上げて物思いにふけっていると、ブラッドリーが私の傍《そば》へ駆け寄ってくる姿が横目に映った。

どうやって私を見つけたのだろうか。彼の姿に抑え込んでいた苛立《いらだ》ちがあふれ出す。私はこちらへ手を振るブラッドリーを強く睨《にら》みつけた。

「あぁもう、しつこいわね!! これだけはっきり言って、態度で示してもわからないの？ あなたとは婚約しないわ！ 私はね、貴族になりたくないの！ あなたを知っても、婚約することは絶対ない!! さっさと諦《あきら》めてちょうだい!!」

そう強く言い放つと、彼は目を見開き固まった。

ここまで言えば、さすがに諦《あきら》めるでしょう。

(後が怖いけれど、最初からこうすれば良かったわ)

動かなくなった彼に、私は肩で息をする。しばらくして、視線を逸《そ》らすと、なぜかクスクスという笑い声が耳に届いた。

「嫌だ、俺は諦《あきら》めない。それよりようやく俺を見てくれたな。サラの気持ちはよくわかったが……俺はどうしても君が良いんだ。だから……」

「はぁ!? これだけはっきり拒絶しても伝わらないの？ 迷惑だと言っているのよ!! あなたが傍《そば》にいると、ご令嬢たちの視線が日に日に鋭くなっていく！ 何度も言わせないで、私は平民で、あなたは貴族。立場が全く違うのよ!!」

感情のまま叫んだのに、ブラッドリーは満面の笑みを浮かべている。

（何この人……っっ怖いわ。どうしてこの状況で笑っていられるのよ？　馬鹿にしているの？　それに、これだけはっきり言っても伝わっていないのかしら？）

「落ち着いてくれ。おっ、そろそろ始業のチャイムが鳴るな。一緒に戻ろう」

肩で息をする私の手を彼は優しく取ると、教室に誘《いざな》った。

普通平民ごときに罵倒《ばとう》されれば、笑っていられるはずがない。

（なのにどうして……？　心が鉄でできている、とか？）

ブラッドリーを諦《あきら》めさせる手段が見つからず絶望する一方で、彼の手から伝わる温もりに、心がジワリと温かくなっていくのを感じたのだった。


それからもブラッドリーは何事もなかったように、相変わらず毎日教室にやってきた。

私は無視をやめ、彼の言葉にはっきりと言い返すようになっていく。

他の貴族の目がある時はさすがに控えているものの、人通りの少ない場所へ逃げる私を彼はすぐに追いかけてくる。そこで周りの目を気にすることなく、強く言い返すのだ。

そんな私に彼はいつも優しい笑みを浮かべる。

言い返すこともなければ、怒る気配もない。

それがいけなかったのか、私がコソコソとブラッドリーと密会しているという噂《うわさ》が立ち、立場がますます厳しくなっていった。

生徒が少ないところを選んでいるとはいえ、学園の中だ。私たちの姿は誰かに目撃され、それが誇張されたのだろう。

噂《うわさ》が流れしばらくしたある日。

放課後、教室から飛び出そうとした私は、同じクラスの貴族令嬢から呼び出しを受ける。

数人の令嬢に囲まれ、人気《ひとけ》のない場所まで連れていかれた。足を止めたところで、大きな木の幹へ強く突き飛ばされる。

「くぅ……ッツ」

鈍い痛みに顔をしかめて視線を上げると、いかにもご令嬢という様子の気の強そうな女が、私を蔑《さげす》むように見下ろしていた。

「あなた平民のくせに生意気ですわ。ブラッドリー様とコソコソ何をやっているのかしら。私たちのいないところで彼に言い寄るなんて何様なの？」

怒りを含んだその声に、私は大きく息を吐き出し真っすぐ彼女を見つめ返す。

(この程度の脅しで私と張り合おうというの？)

前世では誰もこんな子供の遊びみたいな脅しはしなかった。

(ふふっ、貴族は皆、もっと殺伐としていたわよ)

「お言葉ですが……私は言い寄ってなどおりませんし、正直迷惑しております。文句があるようでしたら、ブラッドリー様に言うべきではないでしょうか？」

「はぁっ!?　なんなのよ、その生意気な態度は!!」

貴族令嬢は声を荒らげ、扇子《せんす》を思いっきり振り上げた。

その姿に過去の自分が蘇《よみがえ》る。

私は一歩足を踏み出し、静かに口を開いた。

「その扇子《せんす》を振り下ろすということは、私の敵になるということですわね。……あなたにその覚悟はあるのかしら？」

低く冷めた声でそう言い放つと、女は腕を振り上げたまま固まる。

「なっ、なんなのよ。あなたは……へっ、平民でしょ……？　私は貴族よ……ッッ」

そして、怯《おび》えた様子で微《かす》かに目を泳がせた。私はスッと目を細めて姿勢を正し、彼女を鋭く睨《にら》みつける。

「ええ、平民よ。でも……私の敵になるのなら、全力で戦うわ。平民だろうが貴族だろうが容赦はしない。あらゆる手を使ってあなたを破滅させてあげる。もう一度問うわ、あなたにその覚悟はあるのかしら？」

そう言って笑うと、彼女はジリジリと後退していった。

つられるように周りの令嬢たちも逃げ始める。彼女は結局、悔しげに顔を歪《ゆが》ませて私の目の前から消えた。

(ふん、小者ね。あの程度で引き下がるなら、私の敵ではないわ)

まぁちょっと大きく出てしまったが……

それにしても真っ向から挑んでくるなんて雑魚《ざこ》も雑魚《ざこ》。本当の悪者は、自らの手を汚さない。それにわざわざ脅したりしないわ。邪魔だと思えば、すぐに排除するのが一番早くて確か。

(まぁなんにせよ、私の相手ではないわね。平民に負けたなんて、プライドの高い彼女たちが口にできるわけがないでしょうし)

もっとも、今回は小者が出てきただけだったが、次はどんな令嬢が敵になるのかわからない。

令嬢たちの怒りを買わぬよう、早々にブラッドリーをなんとかする方法を考えないと。

私は踵《きびす》を返し、一人平民地区へ続く門に向かったのだった。


翌日。いつものように登校すると、私の机の中にゴミがギチギチに詰められていた。

(またこんな古典的な嫌がらせを。暇なのねぇ。私に負けたのが悔しかったのかしら?)

でも、こんなくだらないことをするくらいだから、私の見立ては間違っていなかった。

彼女たちはやっぱり小者、私を排除する度胸もなければ気概もないのだろう。

私はクスッと小さく笑いながら机の中を片づける。そして、何事もなかったかのように椅子に腰かけた。

登校してきたソフィアと他愛のない話を始めてしばらく、いつも通り、ブラッドリーがやってくる。

私は彼を強く睨《にら》みつけてから顔を背《そむ》けるが、彼は楽しそうに笑った。

その姿になぜか胸の奥が温かくなる。……けれど私は、その想いを振り払い、固く口を閉ざした。

そんな態度が気に食わなかったのか、令嬢たちの嫌がらせはさらにエスカレートしていく。

ゴミが生ゴミに変わり、机には阿婆擦《あばず》れと書かれた紙が貼られた。根も葉もない下品な噂《うわさ》が女子生徒の間に広がりもしている。

わざとらしくすれ違いざまにぶつかられ足を引っかけられたり、侮辱《ぶじょく》されたりの毎日。

(でもね……私は大事なものは全て持ち歩いているの。だから全くダメージなんてないわ)

ただ、友人のソフィアに迷惑がかからないよう、彼女に説明し、距離を取ろうと心がけていた。

彼女には、どうして嫌がらせをブラッドリーに言いつけないのかと尋ねられたが……私は彼とこれ以上関わりを持ちたくない。

それに彼に借りを作るのが嫌。

だからいつも、彼が来る前に嫌がらせの痕跡を消す。

(この程度の悪戯《いたずら》、相手にする必要ないわ、時間の無駄よ。放っておけば、いつか飽きるでしょう)

変にブラッドリーに訴えて、彼の実家である大公爵家に出てこられると困る。

貴族は貴族の味方。私にとって良い結果になると思えない。

こんな嫌がらせをする程度の小者、何もしないのが正解のはずよ。

まぁ昔の私だったらすぐに従者を使って主犯を特定し、逆らう気が起きないほど痛めつけるでしょうけど……

むしろ昔の私は従者を使って色々とやっていたわ。

こんな甘っちょろいものじゃなくて、相手について調べ上げ、一番嫌がる方法を考え出すの。そんなことばかりしていたから、恨みを買いまくっていたけれどね。

あいにく平民の私にそんな従者はいない。

私は、【死ね】と書かれた紙をグシャグシャに丸めると、ブラッドリーが来る前にゴミ箱に放り投げた。

その後も嫌がらせは飽きることなく続き、天井知らずにひどくなっていく。

(よくまぁ飽きないわね)

呆《あき》れつつ、数週間が過ぎたある日。机の中にガラスの破片が入れられていた。

気がつかず机の中へ手を伸ばしたため、鈍い痛みが走る。指先が真っ赤に染まり、ポタポタと血が流れ落ちていく。

(まずいわ……)

私はすぐにハンカチを取り出し、逃げるように教室から出た。

そのまま医務室へ向かうと、そこには誰の姿も見当たらない。

ハンカチが真っ赤に染まり、チリチリとした痛みが強くなる。結構深く切っているため、先生が戻るのを待っている暇はない。

幸い、薬の知識は前世の記憶にある。

私はすぐさま薬品棚へ目を向け、傷薬を探し出した。

そうして一通り治療を終わらせたころには、すでに授業が始まっている。

(今さら戻るのもあれね。このまま休んでいきましょう)

私はそのまま医務室にあるベッドへ沈むと、ゆっくりと瞼《まぶた》を下ろした。

——意識が闇の中へ沈んでいき、周りの音が消えていく。

その暗闇の中に佇《たたず》む私の耳に、ふと貴族だったころの自分の醜《みにく》い高笑いが響いた。

声のするほうを振り返ると、そこにはよく知る私の姿がある。

真っ赤なドレスを身にまとい、扇子《せんす》を口に当てた冷たい瞳の自分。

這《は》いつくばる人間を憐《あわ》れみもせず、助けを求める泣き声を高笑いでかき消していく。

その悪役さながらの姿に周囲は怯《おび》え、距離を取っていた。

私の周りに残ったのは、へつらう貴族たちだけ。彼らの笑みが暗闇に浮かび上がる。

私はなぜ、あんなことをしていたのか。

どうしてそれほどまで王妃になど、なりたかったのだろうか。

誰も信用せず、他人を利用し、必死に這《は》い上《あ》がる自分は、改めて見ると滑稽《こっけい》だ。

その上、そこまでして手に入れた頂点では、何も得られなかった。

辛《つら》くて苦しくて悲しくて、そんな気持ちしか思い出せない——

闇で彷徨《さまよ》う意識に、ふと眩《まぶ》しい光が差し込む。そこに入学式で声をかけてきたあの男子生徒の姿が浮かび上がった。

その瞬間、私はハッと目を覚ます。慌てて体を起こした。

(今のは何？　どうして彼が……？)

いいえ、今はそんなこと、どうでもいいわ。結構頭がすっきりとしているから、相当深く眠っていたのよね。

時計を探して顔を上げると、時刻はすでに昼前だ。

私は飛び起きて急ぎ教室に向かう。

（まずいわね。大事なカバンを教室に置いたままだわ）

お昼休憩の合図が耳に届く中、私は焦って教室へ入り、自分の席に目を向けた。

案の定、机にかけてあったカバンがなくなっている。

（やられた！）

あのカバンは父から入学祝いにもらった大切なものだ。

あれだけは被害が出ないようにと、いつも持ち歩いていたのにっ。血を見て気が動転してしまった。

（私としたことが……）

ガックリと肩を落とす私に、ソフィアが心配して走り寄ってくる。

「サラッ!!　怪我したのでしょ？　大丈夫なの……？　今度こそ彼に言いなさいよ。さすがにこれは見過ごせないわ」

「はぁ……いいのよ。私の敵になった人間……特に主犯は必ず見つけ出すわ。それよりも私のカバンを知らないかしら？」

「カバン？　知らない。ってもう、そうじゃなくて、犯人は貴族様でしょう！　それなら、あなたにはどうにもできないわ。平民が貴族に楯突くなんて無理よ。でも彼なら……」

「わかっているわ。でもね……ここまでされたら自分の手で罰を下したいの。どんな手を使ってでも……」

私はゆっくり顔を上げた。こちらへチラチラと顔を向けるご令嬢たちの黒い笑みが目に映る。

主犯は間違いなく私を呼び出したあの令嬢だ。

だが証拠がない。

今まで見つけ出そうとしていなかったのだ、当然だろう。

今から手に入れる。彼女たちが私の私物に何かをしようとする瞬間を押さえればいいだけだから、それほど手間ではない。

(確か彼女は伯爵家だったかしらね。周りに集まっているのは、男爵家のご令嬢と子爵家のご令嬢。皆、貴族だけど、平民には平民の戦い方があるわ。貴族社会を熟知している私に喧嘩を売るなんていい度胸ね)

こちらも、多少の危険は覚悟の上だ。

(それよりも今は、カバンを探さなきゃ……あのカバンは必ず見つけ出すわ)

私はソフィアの言葉を無視して教室を出ると、廊下を駆け抜けた。

いつも肌身離さず大事に持っていたカバン。彼女たちもきっと私が大切にしていることを知っていただろう。

そんなカバンを過去の私ならどうしたか。

切り刻む……いえ、刃物を学園に持ち込むのは難しい。

人目につかない場所で手っ取り早く相手を傷つけるには……あそこかしらね。

私は校庭に向かい、人気《ひとけ》のない中庭でキョロキョロと辺りを見回す。

（確か、この辺に池があったはず）

そのまま道沿いに進み、別の校舎の裏手に回り込んだ。その先には、ポツリと池がある。

水面には、投げ捨てられたらしい教科書が散乱し、プカプカと浮かんでいた。

その奥に、茶色の革のカバンが半分沈んだ形で見える。

（はぁ……まぁ油断した私が悪いわね）

数秒、悄然《しょうぜん》と眺めた後、私はそっと水面に近づいてみた。すると、澄んだ水の中から魚が飛び跳ねる。

（うぅ……水は苦手なのよ）

前世の私は、一度庭の池で溺《おぼ》れたことがある。義母《はは》につき落とされたのだ。それ以来、極力池や海、湖といった水辺に近づくことはなかった。

（昔の私なら、誰かに取りに行かせるのに……）

いや、そもそも昔の私ならこんな状況にはなっていない。

（あれ？　でも確か、一度だけ池に入ったことがあった気がするわ。いつだったかしら……？）

しばらく考えたものの思い出せない。靄《もや》がかかったように朧《おぼろ》げな記憶をたどることを諦《あきら》めた私は、そっと靴を脱ぐ。

とりあえず今は誰にも頼れないのだから、自分で行くしかない。

そのまま靴下も脱ぎ捨てて爪先《つまさき》を水面へ浸《つ》けると、ゾクゾクと全身に鳥肌が立った。

(怖い……でも……)

必死で震えを抑え込み、慎重に足を沈めていく。

深さはそれほどないようだが、私はびくびくと歩みを進めた。

(大丈夫、このまま行けばいいのよ。見る限りまだまだ浅いわ)

一歩一歩ゆっくりと足を進めていくと、次第に深くなる。

そうして腰の辺りまで水が浸《つ》かる場所まで来た。カバンまでもう少しだ。

その時、どこからか男の声が耳に届いた。

「――それ以上はダメだ、止まりなさいっ!!」

その声に驚き、石に足を滑らせた私は、水の中に沈む。

全身を水が覆《おお》い、蘇《よみがえ》った過去の記憶による恐怖で、頭の中が真っ白になった。

(苦しい……いやっ、怖い……)

息苦しさに足掻《あが》けば足掻《あが》くほど、口に水が入る。

(助けて……助けて……ッ……)

パニックに陥《おちい》り、バサバサと必死に手を動かしていると、突然強い力で引き上げられた。

この状況はどこかで経験したことがある。

今の私ではない、王妃だったかつての私だ。

あの時、その先にいたのは――

水面から一気に顔を出しガタガタと震える体を、誰かが強く抱きしめてくれる。

寒さと恐怖で痺《しび》れた私は、咄嗟《とっさ》に温かいその人肌に縋《すが》りついた。

「大丈夫かっ⁉」

（その声は……）

おもむろに目を開けると、目の前にブラッドリーがいる。

その登場に驚き目を見開く私を抱きしめたまま、彼は岸に戻る。そうして池から這《は》い上《あ》がると、泣きそうな顔で私を見つめる。

「ど……どうしてここにいるの……？　さっき忠告してくれたのもあなた？」

「忠告？　なんのことだ？　俺は池の前に並んだサラの靴を見つけて駆けつけて来たんだ。なぜこんな無茶をした⁉　俺が来なければ溺《おぼ》れていたんだぞ！」

彼はそう強く怒鳴り、震える私の体を再びギュッと抱きしめる。

「それは……だって、カバンが……っっ！　あれは両親にもらった大切なものだから……」

私はボソボソと呟《つぶや》き、身をよじらせてその腕から逃《のが》れた。

ブラッドリーは池に入る前に脱いだのだろうブレザーを地面から拾い上げると、私の肩へはおらせる。そのままこちらを見ることなく池の中に進んでいった。

水をかき分けカバンを掴み取ると、大事に抱えて私のもとへ戻ってくる。

「悪い、俺のせいらしいな」

「はぁ……ソフィアから聞いたのね」

(あのおせっかい。大丈夫だと言っておいたのに……)

悔しさと惨《みじ》めさ、そして申し訳なさを感じる私に、彼はカバンを差し出した。

「大事なものだったんだよな。ごめん……」

「……そうね。あなたが平民の私なんかを構うから、貴族令嬢の妬《ねた》みがすごいのよ。だからもうこれ以上、私に構わないで……」

「そんな……っっ、どうして言ってくれないんだ！　俺に言えばすぐになんとかした!!」

「女の揉《も》めごとに男が入って良かったためしがないわ！　だから私に近づかないで。今回は私の不注意もあるけど、これはさすがにムカつくの」

私は水を吸いボロボロになってしまったカバンをギュッと抱きしめる。

父が私の入学祝いだと奮発して買ってくれた革のカバン。

(こんなことになって、本当にごめんなさい……)

そう心の中で何度も謝る私の肩に、彼の手がそっと触れる。

「触らないで!!」

カッとなり、思いっきり振り払うと、彼はばつが悪そうに顔をしかめた。

「すまない。だがサラから離れるなんてできない。……もうこんな思いはさせない、だから……」

「はぁ!?　ちょっと、待って！　あなたが私の傍《そば》に来なければ全て解決するのよ！」

「たとえそうだとしても、できない。俺はどうしてもサラが良いんだ」

「なっ……なんでそこまで執着するのよ……。私は平民、貴族の役に立つことなんて一つもないわ。

あなたは何が目的なの!?」

そう強く言い放つと、ブラッドリーは濡れた私の体を引き寄せ再び抱きしめる。冷えた体に彼の体温が伝わり、なぜか胸が小さく高鳴った。

「目的なんてない。俺は……ただサラが好きなだけ。他の男に奪われる前に婚約したいんだ」

「好きって何よ！　一度会ったことがあるって話だけど、人違いだわ。私はこの学園に来るまで貴族地区に入ったことなんて一度もなかったもの。あなたに会ったことなんてないの!!」

そう叫んで彼の胸を押し返し、私は逃げるように後退《あとずさ》る。

すると彼は、寂しそうな笑みを浮かべ、黙って私の姿を見つめたのだった。


翌日。ボロボロになったカバンをなんとか修復した私は、いつもと同じように学生服に袖を通した。

両親にはカバンを見せていない。

(変な心配をかけたくないもの)

でもブラッドリーには、少し言いすぎたかもしれない。助けてもらったのに、お礼すら言っていなかった。

私はギュッとカバンを抱きしめると、ブラッドリーの姿を頭に思い描く。

貴族のくせに、迷わず池の中へ入っていった彼……

自分の感情を優先した私は、そんな彼を拒絶した。

（いいえ。もとはと言えば、彼のせいでカバンが……）

私はブラッドリーの姿を必死に振り払うと、真っすぐに前を見据《みす》える。

（一番悪いのは勝手な嫉妬《しっと》でカバンを投げ捨てた犯人よ。必ず捕まえて、再起不能にしてやるわ）

それにはまず情報収集からね。

貴族なんてものは、知られたくない秘密を沢山《たくさん》持っている。

昔の私なら権力と金を使った。けれど、平民だとそうはいかない。

あれやこれや考えながら玄関の扉を開ける。

すると、家の前がなんだか騒がしい。

（どうしたの？）

視線を騒ぎに向けてみると、人だかりができていた。中心には豪華な馬車が停まっている。

（あら、あんな高価な馬車、成り上がりの平民では用意できないわね）

不審に思いつつ覗き込んだ馬車は、紋章を掲げていた。

（やはり貴族だ。でもどうしてこんな辺鄙《へんぴ》な場所に？）

呼び出しを受けた平民が貴族街へ赴《おもむ》くことはあっても、貴族がわざわざ平民地区に来ることはまずない。

なんだか嫌な予感がして、私はそっとその場から離れると、逃げるように学園へ足を向けた。

（面倒事はごめんだわ、関わらないでおきましょう）

なのに、私の名を呼ぶ声が耳に届く。

気のせいであってほしいと願いながらそっと振り返ると、元気良く手を振る、今回の元凶の姿が目に映った。

（いやいや、まさかありえないわ、昨日あれだけはっきり突き放したんだもの。とりあえず見なかったことにしましょう）

私はスッとその姿から目を逸《そ》らし、建物の陰に身を潜《ひそ》める。するとバタバタッという音と共に、聞きたくない声がまた聞こえた。

「おはよう、サラ。迎えに来たんだ」

名を呼ばれ、周りの視線が集中する。私は深く息を吐き出すと、ズキズキ痛む頭を押さえた。

（はぁ……なんでこうも頭が痛くなることばかり続くの……）

「どうしてここにいるのよ!!　あなた、ここがどこだかわかっているの？　平民地区よ？　十六歳ならまだ門を通れないはずでしょう？　どうやってここへ来たのよ！」

「それは一般人の話だろう。学生は別だ。学園の許可が下りれば平民地区、貴族地区を行き来できる。俺は君を迎えに来たんだ」

ブラッドリーは再び私を迎えに来たと言った。

（昨日のことを覚えていないの？　もう近寄らないで、とさんざんお願いしたのに）

怒りに任せて、かなり強く言ったにもかかわらず、伝わっていないようだ。

（一体この男の思考回路はどうなっているのかしら……？）

「……迎えなんて頼んだ覚えも望んだ覚えもないわ。昨日《さくじつ》の話を聞いていなかったの？　私に近寄らないで」

「こっちこそ、何度も言っているだろう。それはできない。だが俺のせいでまた嫌がらせされたら困る。だからこうやって迎えに来たんだ。俺が傍《そば》にいれば、サラにあんな思い、二度とさせない」

呆《あき》れて言葉が出てこない。でも彼は、私の様子を気にすることなく腕を取り、ニカッと笑みを浮かべて馬車に引っ張っていこうとする。

「ちょっ、ちょっと、離しなさいよ！　馬車には乗らない、歩いていくわ‼　あぁもう！」

「遠慮することはない。君の友人から聞いた。その嫌がる姿は、照れているだけなんだって」

一瞬意味がわからずあっけにとられたが、徐々に言葉の意味を理解すると、怒りがふつふつと沸いてきた。

ワタシガテレテイルデスッテ⁉

「はぁ⁉　そんなことあるわけないわ‼　あの馬鹿……ッッ」

必死に否定しているのに、彼はニコニコと嬉しそうに、私を馬車の中に無理やり押し込める。

そうして馬車が動き始め、私は苛立《いらだ》ちのあまり頭を抱え込んだ。

(どうしてこんなことに……ソフィア、何を勝手なことを言っているの！　きぃぃぃ‼　腹立たしいわね……っっ)

学園に着いたらすぐに彼女を捕まえて、はっきりとブラッドリーに訂正させないと。

彼女は絶対に楽しんでいるだけだ。許せない。

この苛立《いらだ》ちを振り払おうと顔を上げると、ご機嫌な様子のブラッドリーが目に映る。

この男、本当に厄介《やっかい》だわ。

だが彼の顔を見て、胸がじんわりとあったかくなっていく。そんな自分に戸惑った。

なぜそんな感情が生まれてくるのか……全く見当がつかない。

私は深く息を吐き出すと、ぷいっと窓の外へ視線を向けた。


ゆっくりと馬車が進み、見慣れた風景が流れていく。

(そういえば、馬車に乗るのはいつぶりかしらね)

そんなことを考えているうちに学園内に入ってしまった。

ブラッドリーと一緒に馬車に乗る私の姿に、行きかう生徒たちが驚く。

その視線から逃《のが》れたくて慌てて馬車のカーテンを閉めた。頭痛がさらにひどくなる。

平民が貴族の馬車に乗っていれば嫌でも目立つ。きっとあっという間に噂《うわさ》になるだろう。

(はぁ……私の静かな学園生活はいつ訪れるの？)

自分が思い描いていたのとは正反対の現実にため息が漏れる。そうこうしていると、馬車が静かに停止した。

(へぇっ、嘘でしょう⁉　ここに停まるの⁉)

ここは登校する生徒が集まる場所だ。やはりブラッドリーには、何も伝わっていなかった。

(こんなのただの嫌がらせじゃない)

とんでもない事態に血の気が引く私を置いて、ブラッドリーは颯爽《さっそう》と馬車を降りる。そして私に手を差し出した。

「さぁ、行こう」

向けられた爽《さわ》やかな笑みに思考が停止する。私はその場で凍りついた。

すると彼は、私の手を取りながら肩を抱き寄せ、馬車の外に誘《いざな》う。

土の柔らかい感触が足の裏に伝わり、心地良い風が頬を掠《かす》める。

「どうしたんだ？　馬車に酔ってしまったか？」

彼の声に、私はようやく我に返った。

生徒たちの視線は、私たちに集中している。

ドウシテコンナコトニ？

心配そうに覗き込むブラッドリーをキッと強く睨《にら》みつけると、私は肩にかかる手を振り払う。そのまま彼の腕から逃《のが》れ、全力でその場から逃げ去った。

教室に駆け込み、ソフィアの机を強く叩《たた》く。

「ちょっと、どういうつもりよ！」

「あら、おはよう。貴族様の馬車で登校なんて、お姫様みたいねぇ～。良かったわ、仲良くなったみたいで」

「仲良くなんてなっていないわ！　あなた、余計なことを言ったでしょ！　私が照れているですって⁉　いい加減なこと言わないで！」

「ふふっ。あら、そのこと～。私、嘘は言っていないわよ。だって最近のあなた、彼に気を許してきているじゃない。長い間あなたと一緒にいるんだもの、それくらいわかるわよ」

「……ッッ」

そんなことない、そう言い返そうと口を開くが、なぜか声にならない。

そりゃ、ブラッドリーに好きだと言われて悪い気はしていない。

彼は見目も性格も良いのだ。

私のために危ない行為を叱《しか》ることはあっても、失礼な態度を怒ることはない。

それに、わざわざカバンを取ってくれた。私の知る貴族なら、汚らしい池なんかに自らが入ったりしないだろう。せいぜい、従者に任せるか、新しいものを持ってくるか、だ。

「ブラッドリー様は愛を伝えはしても、あなたの嫌がることはしていないでしょ。注目を浴びるのが嫌なんだって気づいて、あなたが教室から逃げるのを待っていてくれているのよ。あんないい男そうそういないわ。……でもその行為が裏目に出た。だから今日はあえて目立つように登場して、あなたに手を出せば大公爵家の彼が許さない、と知らしめてくれたのでしょう。見なさいよ、あなたに嫌がらせをしていた令嬢たちが消えているわ」

ソフィアの言葉に教室内を見回してみると、いつも私へ嫌悪の視線を向けていた貴族令嬢たちの姿がない。

時計はあと十分で授業が始まる時間を示している。

この時間に彼女たちがいないことなど、今まで一度もなかった。

「……そんなこと……望んでいないわ。私は一人でもなんとかできたもの。あぁもう。私は静かな学園生活を送りたいのよ。それには貴族なんて邪魔なだけ。……彼が傍《そば》に来なければ、全てが丸く収まるじゃない！」

そう訴えかけても、ソフィアは呆《あき》れた顔をする。

「そんなの今さら無理に決まっているじゃない。最初に彼があなたに声をかけた時点で、注目の的だもの。彼がいなくなったところで、平穏な学園生活なんて不可能よ。あなたもわかっているんでしょ？　ねぇ、どうしてそこまで頑《かたく》なのよ。彼が悪い男ならわからないこともないけれど、噂《うわさ》で聞く限り完璧な王子様じゃない。ちょっと強引でも、あなたにはちょうどいいと思うわ。なのになぜそこまで拒むの？　誰が見ても、彼は本気であなたが好きよ」

私はギュッと拳《こぶし》を握り唇を噛みしめた。

――本気で好き。

その言葉にズキズキと胸が痛み始める。

（彼は貴族よ……もし彼の言葉を信用して……また……）

――あれ、またってどういうこと？

今のは私ではない。この気持ちは前世の私のものだ。

ふいに周りの音が消え、暗闇に呑み込まれた。その中に声を殺して一人で泣く過去の自分の姿が浮かび上がる。

（私は何を悲しんでいるの？）

思い出そうとした刹那《せつな》、ガタンッと大きな音が響き、我に返った。

いつの間にかチャイムが鳴っていたらしく、教師が教壇に立っている。

私は慌てて自分の席へ着いた。

そうして授業が終わり、私はいつものように教室を飛び出す。

だが今日は逃げるのではなく、ブラッドリーの教室に向かう。

生徒たちの声が賑わう廊下を真っすぐに進んでいると、こちらへ向かって歩いてくる彼に出くわした。

「サラ、こっちに来るなんて珍しいな。どうしたんだ？」

驚いた様子の彼をキッと睨《にら》みつけると、私は急いで彼の腕を掴んだ。そうして手を引っ張り、人《ひと》気《け》のない場所に連れ込む。隅に追い込んで彼を壁を背に立たせた。

「もう迎えに来ないで。何度も言うようだけど、私は一人でも大丈夫よ。あなたが私から離れてくれさえすれば、全て解決するの！　簡単なことでしょ？」

「それはできないと何度も言っているだろう。だからこうやって君を守るために、迎えに行こうとしてたんだ。まぁ、もう大丈夫だとは思うんだけどな」

「どうして無理なのよ！　一番楽な方法じゃない!?　回りくどいことをする必要もない！　今日、私を目の敵《かたき》にしていた令嬢たちがいないのは、あなたが何か手を回したからなんでしょう。でも、そんなことしなくても、私を放っておいてくれるだけで解決するのよ！」

「サラの言う通りだ。だが俺は君が好きなんだ。絶対に手放したくない」

ブラッドリーは私を真っすぐに見つめると、柔らかい笑みを浮かべる。

その姿にギュッと胸が締めつけられたが、その気持ちを必死に振り払い、私は彼に訴えかけた。

「私は貴族にはならないわ！　なりたくないの。だからあなたの気持ちには応えられない！　何度も何度も言っているじゃない‼」

震えそうになる声で叫ぶと、彼は寂しそうに顔を歪《ゆが》める。

「それもわかっている。だけど……君はまだ俺のことを何も知らないだろう。一度でいい、ちゃんと俺を見てほしい。サラが傷つくことは絶対にしない」

燃える瞳に見つめられた私は、思わず視線を逸《そ》らした。

（知りたくない、だって……知ってしまえば……あぁ……ダメだわ。これ以上考えてはいけない）

胸の中に渦巻《うずま》く複雑な思いを心の奥に閉じ込め、深呼吸を繰り返す。

「あなたの気持ちはわかったわ。でも、ああやって平民地区に貴族様が来られるのは困る。目立つでしょ。両親に心配をかけたくないの」

「なら今度は別の馬車で行く。そうでもしないと、サラを守れない。今回もそうだ……傍《そば》にいたのに気づけなかった。何かあった時、今度は俺が、すぐに助けたいんだ」

「心配してくれるのは嬉しい。それに昨日はありがとう。でも、そういう問題じゃないの！　毎朝、平民の家の前に馬車が停まっていたら不自然でしょ！　平民地区に嫌がらせに来る貴族はいないから大丈夫よ」

「だが、学園に入れば、何されるかわからないだろう」

（あぁもう、どうして伝わらないのかしら……）

抑え込んだ怒りがまた湧き起こり、私は震える拳《こぶし》を握りしめる。

彼の誠意は嫌というほど理解できた。けれどその方法がいただけない。

私はブラッドリーを睨《にら》みつけつつ頭を抱え、彼が納得する別の案を模索する。

すぐに思いついた案は一つだけ。

「なら、こうしましょう。平民地区の門の前で毎朝あなたを待つわ。そこから一緒に行けばいい」

私は窓の外に見える平民地区へ通じるゲートを指さした。すると彼が嬉しそうに笑う。

「わかった。約束だからな。明日から毎朝一緒に登校しような」

そう話す彼は無邪気な少年のようだ。不覚ながらもドキッと胸が高鳴る。

そんな自分に戸惑う私の手を握り、彼はご機嫌で私の教室へ向かう。

なんだか、してやられた気がする。

(いや、でもこうでもしないと、彼はきっと毎朝馬車で家に来る。それはとっても困るのよ)

どうしてこうなってしまったのかしら。

ゴツゴツとした大きな手が、私の手を強く握りしめる。

その手から伝わる温もりに、なんとも言えぬ気持ちが込み上げ、振りほどくこともせずに、私は彼の大きな背を眺めた。

そうして、教室まで送り届けられる。そこにはニタニタと口角を上げ、チラチラこちらへ視線を向けるソフィアの姿があった。

私は慌てて手を離し、ブラッドリーの傍《そば》から離れる。

真っすぐに自分の席へ向かい座ると、前の席のソフィアが含みを持たせた笑みを向けてきた。

「何よ、何か言いたいことでもあるの？」

キッと睨《にら》みつける私に、彼女は楽しそうに笑ってみせる。

「ふふっ、手を繋いで戻ってくるなんて、仲が良さそうで友人として嬉しいわ。ところで昨日言っていたカバンは大丈夫だったの？」

「……まぁね。元通りとはいかないけど、ちゃんと使えるわ。ソフィアが彼に伝えてくれたのよね。ありがとう、感謝しているわ。一人ならカバンを取り戻せなかったかもしれない」

「そう、それは良かったわ。ところでさっきブラッドリー様と歩いているあなたは、とっても嬉しそうだったわよ」

「あなた……目が悪いんじゃないの？」

そう真面目な顔で問いかけると、彼女はクスクスと肩を揺らして笑い始めた。

しばらくして、次の授業が始まる。私は先ほどのブラッドリーの言葉を思い出してしまい、なかなか授業に集中できない。

考えたくない。そう思えば思うほどに、彼の姿が頭に浮かぶ。

私を求めるあの情熱的な赤い瞳。

――自分を見てほしい。

そう訴えかけた彼の真剣な姿。

正直、彼の顔は嫌いじゃない。学園内でも噂《うわさ》になるほど、彼の容姿は整っている。

頭もいいし、行動力もある。昔の私とは違って同性にも異性にも評判がいい。

少しばかりしつこすぎるとはいえ……むやみに私に触れることもなく、引き際もちゃんと心得ている。

昔の私なら間違いなく傍《そば》に置いていた。

彼を知れば知るほど、嫌いになれない自分に頭痛がする。

だが、ブラッドリーは貴族。

彼の言葉には、何かしらの裏があるはず。信用してはいけない。

そう強く自分に言い聞かせると、また胸が苦しくなり、脳裏に真っ赤なドレスを着て泣く私の姿が浮かんだ。

（……もうあんな思いはしたくない）

過去の自分は、嫌というくらい知っていた。人は簡単に嘘をつける、心にもない言葉を笑顔で話すことができる、と。

私の周りには、損得抜きで誰かと付き合う人なんていなかった。

金のため、将来のため、地位のため。皆それぞれになんらかの裏の目的を持って行動している。

うまい汁には人が群がり、なくなり次第去っていく。

彼もきっと同じだから……

信じてしまえば……必ず傷つく。

私は考えることをやめ、深く息を吐き出しながらノートにペンを走らせたのだった。

ブラッドリーと一緒に登校するようになって以来嫌がらせはなくなり、落ち着いた日々が続いた。

私を目の敵《かたき》にしていた令嬢たちは、あれから一度も学園へ来ていない。

噂《うわさ》では退学処分になり、王都からも追い出されたとか……

平民を虐《いじ》めてこれほどまでの重い罰を受けるなんて聞いたことがない。

そんなことがあったせいか、他の貴族たちが私に近寄ることはなくなった。

それは良いことなのだが……ブラッドリーは未だに私の傍《そば》へやってくる。

もう断るのも疲れ果てた。

休憩や下校時間に大人しく教室にいる私に、彼は嬉しそうに笑いかけてくる。

その姿になんだか怒る気も失せ、彼と過ごす時間が増えた。私は彼の本心を探ろうと、なぜ私に近寄るのか何度も尋ねてみるが、答えはいつも同じだ。

私が好きなのだと、ただそれだけ……

利用したいのだとはっきり言ってくれれば、落ち着けるのに。

私は今日も約束通り、貴族地区と平民地区の境の門でブラッドリーを待ち、一緒に登校する。

話に耳を傾ける気がなくても、彼は毎朝、私が興味のありそうな話題を提供した。

最近流行《はや》りのコスメのことまでご丁寧に教えてくれるのだ。

そんな彼の気づかいに、心が揺れ動く。

それ以外にも学問のことや、剣のこと、政治についても話した。

彼の言葉に心が騒ぐ自分がいる。知れば知るほど、彼と私は馬が合うとわかる。

一緒にいると心地良く、自然と気を許してしまう……

次第に彼が会いに来てくれることが、素直に嬉しいと感じ始めていった。

学園が休みで彼に会えないと、少し寂しい。

そんな日々が続いたある日。

（このままじゃダメだわ）

授業の終わりのチャイムが鳴り響く中、私はそう思い立ち上がった。ソフィアが驚いた様子で振り返る。

「怖い顔して、どうしたのよ？」

「やっぱり私、逃げることにするわ」

「突然、何？　逃げるって何から？　ちょっと……ッッ」

ソフィアの声を振り切って教室を飛び出すと、私はそのまま階段を駆け上がった。

ブラッドリーの姿はまだない。

（朝の登校はしょうがないとしても、なるべくブラッドリー様とは距離を置かなきゃ。このままじゃほだされてしまう）

でも今さら、冷たい態度はできない。

……逃げる以外の方法が思いつかないの。

彼を好きになる前に――

私は平穏な学園生活を送りたい、彼の傍《そば》にいればそれは叶わないわ。

悲しむ彼の瞳が頭を過《よぎ》りチクチクと痛む胸をギュッと掴んだ私は、がむしゃらに走り続けた。

それが私とブラッドリーとの追いかけっこの始まりになる。

休憩、昼食、そして下校の時間。

その日、彼がやってくるだろう時間に、私は教室を飛び出し身を隠した。

彼と一緒にいる時間を極力減らそうとしたのだ。

けれど、どれだけ彼を避けていても、朝は必ず一緒に登校すると約束している。待たないという選択肢も考えたが、そのせいでまた家に来られたら困るのでやめた。

翌日。気まずい思いでブラッドリーを待つ。

どうしてまた逃げるのか問い詰められるだろうか？　最近は逃げずに、彼とちゃんと向き合っていたし……

なんと言い訳をしようかと、そわそわと落ち着かない。

うんうんと頭を悩ませ身構えていたのだけれど、やってきた彼はいつも通りの優しい笑みを浮かべていた。

なぜ逃げるのか、そんな話題には一切触れない。そのままいつも通り世間話をして、教室で別れる。

(もしかしたらまだ避けられていると気がついていない……？)

だが放課後、彼が来る前に急いで家へ帰ろうとすると、平民地区に続く門の前に彼の従者が立っていた。大公爵の紋章を胸に光らせている。

その姿に、私はゆっくりと後退《あとずさ》った。

ブラッドリーの考えていることが、さっぱりわからない。

何も聞いてこないくせに、見張りはつけるなんて。

私は帰宅を諦《あきら》め、門が見える教室に駆け込む。

結局、その日は遅い時間に帰ることになった。

以来、そんな日が続く。

そしてある日。お昼ご飯を食べる場所を探していると、どこからともなくブラッドリーが現れた。

慌てて逃げようとしたが、その前に彼の腕が私を捕らえる。

「今日は天気もいい、ここで一緒にお昼を食べよう」

にこやかに微笑《ほほえ》む彼の手には、昼食が入っているのだろう袋が握りしめられていた。

諦《あきら》めて、私は無言で頷《うなず》く。

彼は近くのベンチへ私を誘うと、他愛ない話を始めた。

優しげな笑みに、どうしようもなく胸が高鳴る。それを振り払いたくて、私はもくもくとパンにかじりついた。

(貴族と親しくなるなんて、ましてや好きになるなんて絶対ダメよ)

けれど次の日も、昼食の場所を探していると、ブラッドリーが現れる。

私は踵《きびす》を返して廊下を全力疾走した。追いかけてくる足音が耳に届く。

生徒たちの間をすり抜け階段を駆け上がっていた時、ガクンッと階段を踏み外してしまった。次の瞬間、がっしりとした腕が私の体を支える。

そのまま厚い胸板に閉じ込められ……不覚にも胸が激しく高鳴った。

コントロールできない感情に対する戸惑いを隠し、私は平静を装《よそお》って顔を上げる。

思った通り、助けてくれたのはブラッドリーだ。

(これは気のせいっ、ドキドキなんてしてないわ。それよりも昨日と違う場所を選んでいるのに、なぜ見つけられるのよ⁉)

「あっ、ありがとう。ねぇどうして……私の居場所がわかるの？」

頬が熱くなっているのを悟られぬよう虚勢を張りつつ尋ねる。

ザワザワと騒がしい廊下で、ブラッドリーの吐息が耳元に近づき、私は大きく肩を揺らした。

「それを教えれば、逃げないでいてくれるのか？」

そう寂しそうな声で囁《ささや》かれると、心が締めつけられるみたいに痛み、体から自然と力が抜ける。

初めて逃げていることを責められた。

それに驚いて彼を見つめると、いつもの笑みを浮かべている。そして彼は、昼食の入った袋を掲げた。その姿に罪悪感が芽生え、私は結局何も答えることができなかった。

それから二人での昼食も日課になった。

どれだけ場所を変えても、ブラッドリーは私を見つけ出す。

私が逃亡を諦《あきら》めればいいのかもしれないが、それは怖かった。

だって一緒にいると……気持ちが膨らんでいく。

なのに、放課後も同じで、彼はどこにいても、どんなに逃げても、必ず私を見つけ出す。

相変わらず門には従者が立っていて、一度突破を試みると、易々《やすやす》と捕らえられて彼の前に突き出された。

そして……彼が私を見つけてくれることが嬉しいと思う自分もいる。

必要とされているのかもしれないという事実に、胸が熱くなった。

普通の神経なら、こんな面倒なことをする女を追いかけるなんてしないだろう。

現に、前世の私は、誰にも必要とされていなかった。

力を持っていなければ、誰も近寄ってこない人間だ。

詳しい記憶がない中、覚えているのは、王妃となり……胸が張り裂けそうに苦しい思いを抱え、部屋の中で一人怒りと憎しみに囚《とら》われている姿。

周りに誰もいない、孤独な生活。

どうして泣いていたのか、どうしてあんなにも胸が痛かったのか。それは思い出せないのに……

(まあ、王妃になるまでのことは少し覚えているから、それも当然ね)

権力と恐怖で人を従わせていた罰だ。

あんな私についていこうとする人間なんていない。

——そして、私は今日も誰もいない教室に逃げ込んだ。

そのままブラッドリーを待つように椅子へ腰かける。すぐに矛盾した感情が胸の中で渦巻《うずま》いた。

今日も見つけてくれるかしら。

いえ、もしかしたらもう来てくれないかもしれない。

来なければ一時の悲しみで済むのよ。

そんなふうに考えるなら、逃げなければいいのだ。わかっているが、逃げるのをやめたら、彼を好きだと認めることになる。

夕日が差し込む窓の外を眺めていると、ふいにガラガラと扉が開いた。

そこにはブラッドリーの姿がある。

「見つけたぞ、さぁ帰ろう」

いつもと変わらぬ彼の調子に、自然と頬が緩む。私は笑みをこぼし、彼のもとに歩いていく。

「……仕方がないわね。ところで、どうしていつもそんなに早く私を見つけられるのかしら？」

そう問いかけてみたのに、彼はニヤリと口角を上げ、何も答えぬまま私の手を引いた。

校庭へ出ると、心地良い風が頬を掠《かす》める。

彼と並んで歩くのは、今では当たり前になっていた。

生徒は皆帰宅したのだろう、静かだ。そこでふとブラッドリーが立ち止まる。

「なぁ……今度城で夜会が開かれるんだ。それでだな――」

「嫌よ、夜会なんて絶対に行かないわ！」

私は彼が言い終わる前に、ぷぃっとそっぽを向いた。

前世では嫌と言うほど参加した夜会。

あそこでは皆が表面上はにこにこ笑っているけれど、お互いに腹の探り合いなのだ。

(良い思い出は一つもないし、あんなに疲れるのは勘弁よ)

あからさまにため息を吐いてやると、彼はむすっと拗《す》ねた表情になった。

素直な彼に熱くなる気持ちをなんとか抑え込みたいが、どうしても可愛いと思ってしまう。

「まだ最後まで話していないだろう」

「言わなくてもいいわ」

私のそっけない言葉に、彼は悲しそうに眉を下げる。

胸の奥がチクリッと痛むものの、それを振り払い、私はそそくさと足を踏み出す。

けれど、腕を強く引き寄せられた。バランスが崩れ、気がつけば彼の顔が目の前に迫っている。

「ちょっ、近いわよ」

「……いや、やっぱり言わせてくれ」

「嫌よ!! 聞きたくないわ! それに言っても同じよ!」

「今度の夜会に、俺のパートナーとして来てくれないか?」

「本当に人の話を聞かないわね! 行かないと言っているでしょう! 貴族が集まる夜会に平民を誘うなんてどうかしてる!」

思いっきり叫んだのに、彼は顔を真っ赤にして、真剣に私を見つめていた。

(貴族なのだから女性をパーティーに誘うことなんて慣れているはずでしょっ。何この初心《うぶ》な態度

はッツ）

ブラッドリーのタキシード姿が頭にチラつく。きっと盛装したら、今よりさらに格好良いだろう。細身だがしっかりとした筋肉がついている彼には、タキシードがとても似合いそう。

（色は白よりも紺がいいわね）

それに髪もきちんとセットしてくるに違いない。

いつも下ろしている短髪を固めた彼の姿をイメージすると、頬の熱が高まっていった。

（いやいや、何を考えているのよ！　夜会なんて行かないったら。あぁ〜、こんなこと考えている時点で重症ね……）

私は頭の中で描かれた妄想を必死に払いのけ、ブラッドリーを置いて逃げる。

振り返らず、平民地区へ続く門を駆け抜けたのだった。


翌日。門の前で顔を合わせると、開口一番夜会へ行こうとブラッドリーが微笑《ほほえ》んだ。

「行かないわ！」とデジャヴ感が否めないやり取りを繰り返す。

しかし、そんなことで彼が諦《あきら》めるはずがない。毎日、しつこい誘いが続く。

行かないと何度言ってもダメ。

これは婚約を断る時にも経験している。

ドレスなんてないわと言えば、用意するからとすかさず返答してくるし。方向を変えて、平民が貴族の夜会に出るのはおかしいと諭《さと》してみたが、それも効果はなかった。

その上、彼が声をかけてくれるたびに、やっぱり嬉しい気持ちが込み上げる。

胸が勝手に熱くなるのだからどうしようもない。

このままだといつか了承してしまう気がする。その前に、なんとか彼を諦《あきら》めさせないと……

だが、私が不参加であれば、ブラッドリーには別のパートナーができるのだ。

彼の隣に知らない令嬢が立つ姿が頭を過《よぎ》り、胸がチクリと痛む。

(なんで胸が痛くなるのよ!!)

そう叫びたいが……理由はすでにわかっている。

ただそれを認めたくないだけ。

認めればきっと楽になるが、その後やってくるだろう、前世で経験した孤独の苦しみを耐える自信はない。

もうあんな思いをするのは嫌だ。

私を好きだと言ってくる人は、例外なく私を利用したい人。

それに私自身、いつ過去の性格に戻るかわからない。そうなれば、彼に嫌われてしまう。

どちらも想像するだけで恐ろしい。

だから向き合わないの。

(だけど、どうすればブラッドリー様を諦《あきら》めさせることができるのか、わからないわ)

頭を悩ませつつ、私は今日もブラッドリーから逃げるのだった。

そうして恒例の追いかけっこである。

そろそろ夜会の日が近いのだろう、彼はいつもより早く私の教室にやってきたため、出ていこうとしていた私と鉢合わせになった。

伸びてくる手を避けて、彼の隣をすり抜ける。そのまま廊下に飛び出した。

また始まったのかと、誰かが笑った気がする。

笑うなら、笑えばいい。けれど私は真剣なのだ。

ひたすらに駆け抜けていく。

何人かの生徒たちをすり抜けて後ろを確認すると、彼はどうやら追ってこられていないようだった。

窓からオレンジ色の光が差し込む廊下を、生徒たちの流れと反対方向に逃げ続ける。次第に辺りは静けさに包まれていた。

しばらくし、さすがに息苦しくなって足を止める。目の前の教室に飛び込んだ。

(つ、疲れたわ。とりあえず少し休憩しましょう)

壁にもたれかかり肩で息をしながら顔を上げると、薄暗い室内になんと先客がいた。

ハッと教室内を見回して、どうやらここは生徒会室だと知る。

(懐かしいけど、今の私がここに来るなんて、非常にまずいわ)

生徒会役員と言えば、上流貴族たちの集まり。前世の私も在籍していた。

あの時の私は特に仕事らしい仕事をしていなかったが、生徒たちの規律を守るためにあるここの生徒会は学園内で強い権限を持つ。

従って、王族関係者や、有力貴族、教師からの信頼も厚い優秀な者が集められる。生徒たちのあこがれでもあった。

なんといっても、生徒会へ入るだけで、将来の有力者たちとの太いパイプができる。

(かつての私も、そのパイプを得るために生徒会へ入ったのよね)

恐る恐る人影へ視線を向けてみると、入学式で祝辞を読み上げていたあの男子生徒が座っていた。

私は慌てて息を整え、淑女のマナーにのっとり精一杯頭を下げる。

「……ッツ、申し訳ございません。生徒会室だとは知らずに、失礼いたしました」

そう謝り、踵《きびす》を返す。

けれど、ドアを開けようとしたその刹那《せつな》、肩に角ばった手の感触がした。あの男子生徒だ。

ガチャッとカギをかける音が部屋に響く。

「本当にごめんなさい、すぐに出ていきますので……」

そう言っているのに、彼はニッコリと笑みを浮かべつつも、逃がさないと言わんばかりに、私の体を捕らえた。

「待ちなさい、ちょうどいい機会だ。僕は一度君と話をしてみたいと思っていたんだ」

「私と……ですか？　ですが、私は平民で貴族様とお話しできる立場の者ではございませんわ」

私は引きつった顔でそう答えると、彼の視線から逃《のが》れるように頭を垂れる。

(なんだかまずい雰囲気ね)

その格好で、彼の様子を恐る恐る窺《うかが》った。

入学式の時と同じ、澄んだ青い瞳がじっと私を見据《みす》えている。

「君の噂《うわさ》は僕たち上級生にも届いているよ。平民とは思えぬほど美しい所作に、その頭脳……。一体どこで学んだんだい？」

（どこって……貴族だった記憶があるからだけど）

そんなことを言えば、頭がおかしい人だと思われる。

「……それは……じっ、自己流ですわ。貴族の方がなさっているのを見て覚えましたの」

「君は入学したころから完璧なマナーを身につけていた。平民地区に貴族はそうそういないだろう？」

「あっ、いえ……本でも学んだのですわ。見よう見まねでうまくできているか不安でしたが、きちんとできているのでしたら良かったです」

ごまかすと、青い瞳がゆっくりと細められる。

「嘘はいけないな。あれほど洗練された動きが一朝一夕でできるはずがない。でも、そうだね……ならば別の質問にしよう。君は過去のことを覚えているだろうか？」

「過去……でしょうか？　幼いころの記憶は曖昧《あいまい》ですが、それは当然、覚えておりますわ。それが何か……？」

そう答えた私を、彼は逃げ道を塞《ふさ》ぐように壁に追いやる。

なんとも言えない沈黙が流れ、彼は見定めるみたいな視線を私に向けた。そして、微笑《ほほえ》みを深める。

(何、なんなのよ⁉　どうしてこうも貴族に絡まれるの！)

平常心を保とうと、私は浅く息を繰り返す。

彼の真意を探りたくて瞳を見つめた。表情は微笑《ほほえ》んでいるが、その目の奥は笑っていない。

どこか暗く不穏《ふおん》さを感じさせる彼に、背筋にゾクゾクと悪寒《おかん》が走る。

入学式のあの日。なんとも言えない感情の高ぶりを感じた私は、彼について少し調べていた。

彼は生徒会長だ。ブラッドリーと同じ大公爵家の子息で、名はヴィンセント。

容姿端麗《ようしたんれい》、文武両道、生徒たちからの信頼も篤《あつ》い優秀な生徒会長らしい。

平穏な学園生活を送るために、私は彼と関わり合いになりたくないと思っていた。

どうしてそんな男が、私を引き留めるのか。

(あぁもう、変なところへ逃げ込んでしまったわ……)

「違うよ。君の過去じゃない。君になる前の……そう、もう一人の君の記憶だ」

彼――ヴィンセントが静かに告げた。

その言葉に、私は目を見開く。

体中の体温が一気に下がり、手足が冷たくなった。

(もう一人の私……どうして……？　まさか……、いえ、そんなはずないわ)

前世の記憶のことは両親にすら話していない。

こんなろくに面識もない男が、知っているはずがなかった。

私は動揺を隠してそっと瞳を閉じ、深く深く息を吸い込む。

ピリピリと緊迫した空気の中、慎重に口を開く。同時にそっと微笑《ほほえ》んだ。

「なんのことをおっしゃっているのかしら？」

「ははっ、そんなに警戒しなくてもいい。今の反応で十分だ。実はね、僕にも生まれる前の記憶があるんだ。この国の……アルジャーノン王だった記憶がね」

アルジャーノン王、その名は百年前の国王の名だ。

――そして、私の夫だった男の。

「まさか、そんな……ッツ、嘘でしょ……？」

周りの音が消え、脳裏に夫だったアルジャーノン王の姿が蘇《よみがえ》る。

傲慢《ごうまん》で自信家で、プライドが高く、でも有言実行する力があった誇り高い王。人間味あふれる性格で、どこか抜けている可愛い一面は皆に慕われてもいた。前世の私も彼にあこがれ尊敬していただろう。

当然、歴代の王の中でも素晴らしい功績を残している。

あまりの驚きに、私は息をすることも忘れていた。

「その仕草、懐かしい。やっぱり君は覚えているようだ。久しいな、エレノア」

エレノア、それはかの王の妃《きさき》の名、そして前世の私が呼ばれていた名だ。

(過去の記憶を持ったまま生まれたのは、私だけではなかった……？)

入学式の時感じたあの悪寒《おかん》は、彼がアルジャーノン王だとどこかで気がついていたせいかもしれない。

大きな手がそっと私の頬に触れる。

その手は温かく、そして懐かしい。

「本当に……アルジーなの？」

「ははっ、その愛称で呼ばれるのは何十年ぶりだろう、懐かしい。エリー、僕は君にもう一度会いたかった。君が死んだ時のことは、今でも鮮明に覚えている。あの日、全てが変わってしまった」

そう語る姿は、私の知るアルジャーノン——アルジーとは全く違う。

姿——容姿、声、口調、その全てが違うのに、笑い方はあのころのアルジーと重なる。

（私以外にも記憶を持った人が存在したのね。しかも元夫。そんな偶然があり得るの？）

「どうして私だとわかったの？　あのころとは全く違うでしょう」

「入学式で会った時には、正直、気がつかなかったよ。だけど君はとても優秀な人材だ。生徒会に引き入れたいと思うのは当然だろう。だから君のことを色々調べたんだ。勝手に探るみたいな真似をしてすまない。でも調べていくうちに気がついたんだ。僕は夫として、君をずっと見ていた。姿や身分が全く違っていたとしても、仕草や小さな癖、強い意志を持った瞳は変わっていない。人を魅了し惹《ひ》きつけるその堂々たる姿は、エリーそのものだ」

かつての私であるエレノア——エリーを褒めたたえる言葉に違和感を覚える。私はヴィンセントに窺《うかが》うような視線を向けた。

「調べたことは、いいわ。私も過去の自分なら同じことをしていた。優秀な者は手駒に必要だものね。それよりも……私以外に前世の記憶を持った人がいるなんて思わなかった」

「僕も同じだよ。どうして僕たちは記憶を受け継いだんだろうね。わからないけど、ここに君と僕が記憶を持ったままに生まれ落ちた。それは事実だ」

「そうね……。でも今の私は、あなたの妻でもなければ王妃でもない。全く関係のない赤の他人の平民よ。もう帰るわ」

「そう言わないでくれ。僕はあのころからずっと君が好きだったんだ。君に会えて、そして君が記憶を持っていてくれて、本当に嬉しい」

ヴィンセントは優しげな笑みを浮かべて、私の腕を強く引き寄せた。

その手を思いっきり振り払い、私はキッと強く彼を睨《にら》みつける。

「はぁっ!? 好きですって? あなたは愛人とずっと過ごしていたじゃない! 今さらなんなのよ。そんな嘘つかないで!!」

「うん? ……君は全てを覚えているわけではないのか? 愛人は君が望んだことだ。あのころの君は、僕を見てくれてはいなかったよね。いつも君の瞳には別の誰かが映っていた」

苦しそうに歪《ゆが》むヴィンセントの表情に戸惑う。私はわけがわからないと首を傾《かし》げた。

(どういう意味? 王妃の私が愛人を作れと望んだ?)

そんな、愛人なんて自分が惨《みじ》めになるだけじゃない。

もしかして私は、王を愛していなかったの?

なら、どうして泣いていたのかしら?

わけがわからず彼を見上げる。サファイアの瞳は微《かす》かに陰っていた。

「わからないといった様子だね。ねぇ、エリーはどこまで覚えているんだい？」

「私は下位の侯爵家の出身であるにもかかわらず王妃にまでのし上がった最悪な女だった。でも、人を蹴落としてまで夢を叶え王妃になったものの、あなたに愛人を作られ、部屋で一人泣いていたのよ。そして……毒を盛られて死んだはず。昔はもう少し鮮明に覚えていたのだけれど、大分記憶が薄れてしまったわ」

王妃だった記憶の引き出しをこじ開けてそう話すと、ヴィンセントは深く息を吐き出した。

「僕が覚えている話とはかなり違うようだ。良かったら、話を聞いていかないかな？」

（私の記憶とは違う……？）

彼は優しげな笑みを浮かべて私の手を引き、椅子に腰かけさせたのだった。

†　†　†

――アルジャーノンとエレノアは政略結婚で結ばれた。君、エレノアは王妃になるために、がむしゃらに、そしてあらゆる手段を使ってのし上がったんだ。

妃《きさき》の最終候補だったのは、君と公爵家の令嬢。君は下位の侯爵家、爵位は圧倒的に公爵家のほうが上だ。

二人とも貴族社会で太いパイプを持ち、そして優秀だった。

それなら爵位が高い者が選ばれるのが世の常。

しかし君は僕の前に現れてこう言ったんだ。

『私には王妃になって成《な》し遂《と》げたいことがございます。アルジャーノン様は愛人を作ってくれて構いません。私は愛などいりませんが、どうしても王妃にならなければならないのです。どうかお願いします、私をお選びください。後悔はさせませんわ。王妃としての役割を必ず果たします』

そう頭を下げに来た君を、僕は純粋に気に入った。

媚《こ》びずに真っすぐに見つめてくるその瞳に嘘はないとね。

まぁ……良からぬことを企《たくら》んでいないかは、調べさせてもらった。それに愛人を作って良いと言われたのも決め手の一つだったかな。

あのころの僕は人を愛したことなどなかったからね。適当な女と遊べて、煩《わずら》わしい嫉妬《しっと》に悩まされないで済むと考えたんだ。

こうして君と夫婦になった。

君は僕が想像していたよりも、よく働いてくれたよ。慈善事業を自らの金で行うなど、全く信じられない仕事ぶりだった。

そして、そんな君に徐々に惹《ひ》かれていったんだ。

まさか……結婚してから妻を好きになるなんて思わなかったな。

でも君を好きになって初めて、君が僕を全く見ていないことに気がついたんだ。

君はいつもどこか遠くを見つめていたよね。抱いてもそれは変わらなかった。

高価なプレゼントはいらないと断られてしまう。欲しいものはないのかと聞いても、何もないと突き放される。

君の瞳に僕が映り込む隙間はなかったんだ。

でも愛人なんて作るつもりはなかったよ。

馬鹿みたいに思うだろうけれど、エリーが僕の初恋だったんだ。

君が誰のために王妃になり、何を成《な》し遂《と》げようとしているのか、それがわかれば、少しでも君に近づけると考えたりして……でも、いくら調べてもわからなかった。

君の周りは結束力も高かったしね。

一体誰が、君をそこまで動かしているのか、気になってしょうがなかった。

もちろん君に聞いても、教えてくれない。

それでも王妃として隣に立っていてくれることに、僕は満足しようとしていたんだ。

王妃は王の傍《そば》にあり続ける。だから君が僕を見て、自ら話してくれる気になるのを待つことにした。

ところが、歪《いびつ》な夫婦生活のせいか、ある時突然、君が壊れた。

自暴自棄になり、部屋に引きこもってしまったんだ。

誰の声も、もちろん僕の声さえ届かなかった。

メイドや執事も君の部屋を訪ねたけれど、君に会えない。

そして数日後、何か決断したらしい君は、瞳を強く輝かせて部屋から出てきた。

その目を見て、ようやく君が誰かのことを吹っ切ったのかと、僕は内心喜んでいたんだけれどね。

ところが君は、突然僕の部屋へやってきて、愛人を作れと言い放ったんだ。

その言葉に深く傷ついたものの受け入れて、僕は愛人を作った。

君はご丁寧にも僕に見合う女性を用意していたしね。

「――そうしてそれから一週間後……君は自害した」

(私が自殺した？　おかしいわ、そんなことをする理由がない)

「自殺？　私が？　ありえないわ。恨みは嫌というほど買っていた。だから絶対殺されたのよ」

「残念だが、それは違う。ワインに入っていた毒の入手先をたどって、君自身が購入したと判明している。ワインも同様だ。さらに言えば、あの日部屋は密室だった」

衝撃的な事実に目を見開く私の姿が、ヴィンセントの瞳に映し出される。

透《す》き通《とお》るサファイアの瞳は、私を見つめたまま静かに揺れていた。

† † †

「――生まれ変わってやっと、君の瞳に映ることができた」

話を終えたヴィンセントの唇が近づいてきた。私はハッと我に返り、思いっきり彼を突き飛ばす。

「なっ、何しようとしているのよ!!」

怒鳴りつけているのに、彼は肩を揺らして笑う。

「ははっ、初心《うぶ》なところも変わっていないんだね」

（初心《うぶ》ですってッ……）

私はキッと彼を睨《にら》みつけると、距離を取るように後退《あとずさ》った。

（ダメだわ……全く思い出せない）

本当に私が愛人を望んだの？

王に愛人を作らせるなんて、自分が惨《みじ》めな思いをするだけでしょう？

それに自殺まで……

何が私をそこまで追い込んだのだろう？

思い出す王妃の姿は、苦しみと悲しみ、そして憎しみであふれている。

様々な疑問が浮かび上がり、私はひどい頭痛に頭を抱えた。

† † †

――私が思い出せるアルジャーノンの姿は、偉そうでいつも人を小ばかにした笑みを浮かべているものだ。

けれど秀才でもあり、必要な時には非情になれる、優秀な王子。

彼の傍《そば》にいるのは楽しかった。

私はそんな彼の隣に並びたかった？　だから王妃に……？

（いえ、違うわ……学生のころ、私は王子がどんな人物かすらほとんど知らなかった）

ただ王妃になる、その目標のためだけに頑張っていたのだ。

（……私はどうしてそんなにも、王妃になりたかったの？）

思い出せる記憶は断片的なものばかり。王には愛人がいて、私は部屋で一人、泣いている。

王妃としての仕事や、慈善事業のことなんてさっぱり覚えていない。

（ヴィンセント様が嘘をついているのかも？）

いえ、嘘をつく理由が一つもない。

過去の私を持ち上げて、平民にすり寄ったところで得るものはないだろう。ヴィンセントはブラッドリーと同じで大公爵の息子だ。

でも、彼の話が本当だとしたら、前世の私は惨《みじ》めで愚かな自分に泣いていたわけではない……？

（一体何があったのかしら？）

ズキズキとこめかみがさらに痛み始める。

（私の周りには本当に誰もいなかったの？）

冷静に考えてみると、一人で王妃になるなんて不可能だ。

でも学生の時の記憶は……、人を蹴落とし嘲笑《あざわら》っていた、それは紛《まぎ》れもなく私で……

（私は……私は……）

次第にひどくなっていく頭痛に頭を抱える。冷や汗が頬を流れていった。

過去の記憶を引き出そうと躍起《やっき》になっていると、ふいに視界がグラリと傾く。

そのまま倒れ込むように視界が暗闇に染まり、その奥に木の上で泣く小さな少女がチラリと映った。

少女の姿にはどこか見覚えがある。思わず手を伸ばそうとした私の意識は、そこでプツリッと途切れた。

(嫌、いやぁ、行かないで!!)

苦しさと寂しさで胸が締めつけられ、私は誰かに必死で縋《すが》る。

(私は誰を引き留めているの?)

「――大丈夫かい?」

静かな声に薄《うっす》らと瞼《まぶた》を持ち上げると、ヴィンセントに抱きかかえられていた。

気を失ってしまったのだろうか。まだ痛む頭を押さえて体を起こす。すぐに彼の大きな手が私の長い髪を掬《すく》い上げた。

「ごめんなさい、大丈夫よ」

「良かった。……ところで、僕の話で、何かを思い出せたかな?」

彼の言葉に私は小さく首を振る。ただ、最後に見た光景が頭を掠《かす》めた。

(あれはなんだったのかしら、お城ではなかったわ)

考え込む私の頭を彼は優しくなでてくれる。頭痛が次第に治まっていった。

「君は素晴らしい王妃だったよ。聡明で……僕には予測できないことも実行する。でもそれは全て、誰かのためだった。国民や従者、一部の貴族たちからは絶大な支持を受けていたしね。まぁ、重鎮たちには煙たがられていたのも事実。でも君はそんな彼らに真っ向から立ち向かうから面白い。俺は……いや悪い。エリーと話すと昔の僕が出てしまう」

懐かしい口調に胸がぽっと熱くなる。アルジーの姿がまたヴィンセントと重なった。

私は一体彼とどんな生活を送っていたのだろうか。

私を映し出す青い瞳には侮蔑的《ぶべつてき》な色はなく、好意的だ。

(本当に私は、彼の言う通り素晴らしい王妃だったのかしら？)

自分の記憶とあまりにかけ離れた話に、謎が深まる。

仮にヴィンセントの言う通り、素晴らしいと賞賛される王妃だったのだとしたら、どうして自殺なんてしたのだろう。

「私はどうして死んだのかしら。てっきり殺されたのだと思っていたわ」

そうぼそりと呟《つぶや》くと、彼は真剣な眼差《まなざ》しで私を見つめた。

「俺もそれが知りたい。お前がなぜあの時自殺したのか、あの時どうしてエリーが壊れたのか……。一体誰がお前を変えてしまったのか。お前が死んでからも、ずっと探し続けていたが、何も見つからなかった。他殺の線も洗い直してみたが、誰かに毒を盛られた形跡は一切なかったんだ。お前が自ら毒を入れ飲んだのは間違いない。なぁ……一つ提案なんだが、もしかしたらお前が過ごしていた貴族の世界を見れば、何か思い出すんじゃないのか？」

(貴族の世界を見る？　あれほど関わりたくなかった貴族の世界を？)

でも自分自身がどうして死んだのかは、とても気になる。

だって私の覚えている断片的な記憶と、ヴィンセントの覚えているものがあまりにも違いすぎる。

その意味を知りたい。このまま動かなければ、きっと何も思い出せない。

今あるのは、締めつけられるほどの苦しさだけ。その先には何かがあるのだろう。過去の自分に囚《とら》われる。

ヴィンセントはまだ何か話しているようだが、私はじっと床を見つめた。

(前世は気になるけれど、今の私は平民。貴族の中へは入れないわ)

「――もし良かったら、俺と今度開かれる王宮の夜会へ……ッッ」

「そうよ！　夜会だわ！」

私はハッと顔を上げると、ニッコリと笑みを浮かべる。

「話を聞かせてくれてありがとう、アルジー。もう行くわ」

そう言って、部屋を飛び出した。


(……こっ、これは私の記憶を取り戻すため。彼にエスコートされたいわけじゃない……。自分の目的に彼を利用するの)

そう自分に言い聞かせながら、私はブラッドリーの姿を探していた。

夕日は大分傾き、廊下が真っ赤に染まっている。

もう生徒の大半が帰宅したのだろう廊下には、私の足音だけが響く。そうして階段を下りようと角を曲がったところで、探していた姿が目に入った。

ブラッドリーは物思いにふけっているらしく、静かに階段の前に佇《たたず》んでいる。

「ブラッドリー様」

声をかけると、驚いた様子で視線を上げた。

「サラ、どうしたんだ？　何かあったのか？」

「あのね……あれだけはっきり断っておいて、今さらなんだけど……。もしまだあなたのパートナーの席が空《あ》いていれば、夜会へ連れていってもらえないかしら？」

気まずいものの、言葉を紡《つむ》いでいく。すると、彼はパッと目を輝かせて階段を駆け上ってきた。

「もちろん、空《あ》いている！　本当にいいのか？　いや……一緒に夜会へ行こう。当日は君のためにドレスを用意しておくよ。俺の屋敷へ来て着替えればいい」

「あっ、……ありがとう」

そう笑みを浮かべた私に、彼は頬を染める。

その姿がなんだか可愛くて、私は彼と並んで階段を下りた。

閑話一

今日も彼女に逃げられた。

どうしてそんなに俺から逃げようとするのか。ようやく俺に心を開きかけてくれたと思っていたのに……

俺、ブラッドリーは今日もサラの姿を探して、学園の階段を駆け上がる。

入学式で彼女を見た瞬間、あの少女だとすぐにわかった。

ずっと会いたいと思っていた。

だから俺は入学式が終わるや否《いな》や、彼女の姿を探しまわったのだ。

会ったらなんて声をかけよう。

そんなことを考えていると彼女を見つけた。けれど、本人を目の前にして頭が真っ白になる。

あのころよりも綺麗で大人びた彼女の姿に、咄嗟《とっさ》に出た言葉は婚約してほしいだ。

本心からだが、いかんせんがっつきすぎなのは自分でもわかっている。

（初対面に近い男から求婚されれば、どう考えても怪しいよな……）

初めは目も合わせてはくれなかった。

余所余所《よそよそ》しい態度、疑う視線。

でもそんなサラが、ある時、本音で答えてくれた。

まぁしつこすぎて、怒らせただけだろうけどな。

それでもいい、ようやく彼女が俺を見てくれたんだ。

それが嬉しくて、調子にのって毎日会いに行った。

煩《わずら》わしそうに俺をはっきりと拒絶するサラ。

さすがにちょっとへこんだが、諦《あきら》める気は端《はな》からない。

そんな彼女が俺のせいで嫌がらせを受けている事実を知った。

（なぜ俺に、すぐ言わなかったんだ。そして、どうして俺は気がつけなかったんだ）

俺は溺《おぼ》れる彼女を助けたが、一人で大丈夫だと強く拒絶された。でも涙を流すこともなく、真っすぐに俺を見つめるその瞳は、ひどく脆《もろ》い。

それから俺はすぐに主犯格を探し出し、学園から……いや王都から追い出した。

もうサラにあんな思いをさせたくない。

彼女の言う通り、俺が離れさえすれば、嫌がらせから解放されるだろう。

だがそれはできない。

俺は彼女に出会ってしまったのだから。

自分でもなぜこれほどサラを求めるのか、わからないが……彼女が良いのだと、彼女でなければならないのだと、そう心が叫んでいる。

その後しばらくして、ようやく彼女が俺を少しは受け入れてくれるようになった。無視することも逃げ出すこともなく、俺の話を聞き、ぎこちないながらも笑みを浮かべる。

興味がありそうな話題を探し出して、俺は隣を歩く彼女の反応を見た。

彼女は結構わかりやすくて、とても可愛いんだ。

そんな彼女と並んで歩く時間は、幸せで……

俺はますますサラに惹《ひ》かれていった。

大分近づいた、そんな気がしていたんだ。


俺は夕暮れ時の窓の外へ目を向け、下校する生徒の姿を目に映す。

どうしてまた、俺から逃げるようになったのか……

聞きたいが、聞きたくない。

だが、逃がすつもりもない。

早く探し出さないと、夜になってしまう。

俺は誰もいなくなった教室から出ると、サラが置いていったカバンを持ち、また階段を駆け上がった。

彼女の居場所は、おおよその見当がついている。

(毎日毎日、探しているんだ。行動パターンは大分わかってきたからな)

彼女はいつも高い場所へ逃げる。どうしてなのかは知らないが、いつも彼女を見つけるのは上の階だ。

高いところが好きなのか？　そう尋ねてみたい気持ちもあるが、下手に聞いて逃げ場所を変えられたら困る。

まぁ……どこへ逃げても見つける自信はあるけどな。

出口となる門には護衛を待機させ、サラを学園の敷地から出さないように手配済みだ。

どんなに時間がかかっても、俺は必ず彼女を見つけ出す。

だって彼女は、いつも誰もいない教室で一人、蹲《うずくま》っているんだ。

そして俺が見つけた瞬間、表情をパッと明るくする。

そんな可愛い顔を見て、追いかけるのも悪くないと思ったのは秘密だ。

あの目に見つめられたら、大抵の男は彼女に惚《ほ》れてしまうだろう。

そんな男たちを牽制《けんせい》するのは大変だが、俺には大公爵家という強い爵位がある。俺の目の届く範囲で彼女に手出しする令息は少ないだろう。

もっとも全員ではない。だからこそ彼女を一人にはしたくないんだ。


今まで女性に興味がなかった俺がサラにこれほど執着するのには、一応理由があった。

彼女は覚えていないようだが、この学園へ入学する前に、俺は彼女と出会っているんだ。

それはまだ俺が幼くて、自分の愚かさに気がつかず、不満ばかり言っていたころだった。

この国では、平民と貴族が暮らす区域が明確に分かれている。貴族は城を中心とした西側を、平民は東側を。その中央には大きな壁が存在し、簡単に行き来できない。

けれど、今から数年前、屋敷で忙しい毎日を送っていた時のことだ。

俺は幼さ特有の不満と苛立《いらだ》ちに家を飛び出すこと数十回目。いつも自分を見つける従者の目をかいくぐり、壁の側まで逃げ延びて、生い茂った草むらの先に穴を見つけた。

壁に空いた小さな穴。子供一人ならギリギリ通り抜けられるだろう狭さだ。

俺は迷わずそこへ飛び込むと、平民地区に逃げた。

初めて訪れた平民地区は、異様なにおいがして汚らしく、とても不愉快だったのを覚えている。

右も左もわからぬ中、進んでいくと、俺よりいくつか年上だろう少年数人に取り囲まれた。

自分よりも大きな体に恐怖を感じ、剣術の練習で使っていた木刀を腰から引き抜く。そして、震える手で構えた。

そんな俺を少年たちが嘲笑《あざわら》う。

どうすればいいのか……震える体を叱咤《しった》して睨《にら》みつけていると、そこに一人の少女が現れた。

気の強そうな瞳に、整った顔立ち。長い黒髪に、大きな黒い瞳。可愛らしいというよりは、美しい少女だ。

初めて会ったはずなのに、彼女を見てどこか懐かしさを感じる自分に戸惑った。

どうしてそんなふうに思ったのか、それは今でもわからない。でもあの時、俺は一目で惹《ひ》かれたんだ。

少女は少年たちに怯《おび》える様子もなく、ゆっくりとこちらへやってくると、堂々と彼らの前で立ち止まった。

「あなたたち、そんなところで何しているのよ」

「なんだ、お前か。邪魔すんな。金持ちの子供を見つけたんだよ。ほら」

一際背の高い少年が俺を指さすと、少女が顔をこちらへ向ける。

彼女は俺を値踏みするように見て、考え込んだ。

「……あんたたち、この男の子に手を出すのはやめたほうが良いわ」

「なんだよ、どういうことだ」

「この少年、ただの金持ちじゃないわよ。成り上がりの平民なら、口は出さないんだけれどね。もしこの子に手を出したら、あんたたちが危ないわ」

「……ッッ、はっきり言えよ。この男がなんだって言うんだよ！」

少年は苛立《いらだ》った様子で少女へ突っかかるが、彼女は呆《あき》れた様子で彼に何かを囁《ささや》いた。しばらくすると少年の顔からみるみる血の気が引く。そして怯《おび》えた様子で逃げ去った。

それにつられるように他の少年たちも立ち去り、俺と少女だけが取り残される。

すると彼女は満足げな笑みを浮かべ、俺を見下ろした。

「あなた貴族でしょ。どうやってこちら側へ来たの？　子供は平民地区に来られないはずだけど」

女に助けてもらった事実に悔しさと恥ずかしさが込み上げた俺は、キッと彼女を睨《にら》みつけた。

「うるさい!!　なんなんだよ、あんたは!!　俺はあんたに助けてもらわなくたって……ッッ」

「うるさいじゃないでしょ。決まりは決まりよ。さっさと帰りなさい。ここは貴族街と違って治安が良くないの」

「嫌だ、あんなところへ戻るものか！　俺なんかいてもいなくても、どうせ同じなんだ……。くそっ」

俺は怒りのあまり手にしていた木刀を地面へ振りぬく。腕にピリピリとした痛みが走った。木刀が地面に転がり、痺《しび》れに膝をつくと惨《みじ》めさが増す。

「とりあえず落ち着きなさい。それよりもさっきのはどういう意味かしら……？」

少女は呆《あき》れた素振《そぶ》りで、俺と視線を合わせようとしゃがみ込む。

真っすぐな漆黒《しっこく》の瞳にゴクリと喉が鳴り、俺は彼女の視線から逃《のが》れて頭を垂れた。

「……俺の兄上はなんでもできるんだ。俺とは違って勉強だって剣だって……だから何一つ勝てない。それでいつも兄上と比べられて……俺は何もできない出来損ないだって……」

どうして初めて会ったはずの少女にこんな弱音を吐いているのだろうか。

でも不思議なことに、彼女とは初対面の気がしない。平民の女に出会ったことなんて、ないはずなのに。

貴族は人に弱いところを見せてはいけないと、父に教わっている。だけど、どうしてか彼女の前だと言える気がした。

俺が必死に涙をこらえていると、目の前に佇《たたず》む少女は呆《あき》れた様子でため息をつく。

「はぁ……そんなこと？」

「そんなこととはなんだ!!　お前にはわからないだろう！　俺がどんなに頑張っているか、それなのに認めてもらえないのだぞ!!」

俺はこぼれ落ちそうな涙を慌てて拭《ぬぐ》い、少女を強く睨《にら》みつけた。

しかし彼女は俺の睨《にら》みに怯《ひる》む様子もなく、冷めた目でこちらをじっと見据《みす》える。

「当たり前でしょ。今日初めて会ったあなたのことがわかるはずがないわ。そんなくだらないことで泣きそうになっているあなたに対して、呆《あき》れているのよ。勝てないのならもっと頑張りなさい」

「おっ、俺は……ッツ、頑張ってる!!」

「でも勝ててないんでしょ？　ならもっと頑張らないとね。ここでそんなふうに弱音を吐く暇があるのなら、数式の一つでも覚えるか、剣の技でも磨《みが》きなさいよ」

「うるさい、うるさい、うるさい！　そんなことわかってる!!」

どうして初対面の女にここまで言われなくちゃならないんだ。

怒りのあまりカッと頭に血が上り、俺は彼女に掴みかかった。しかしその手は容易《たやす》く撥《は》ね返される。大きな黒い瞳が真っすぐに俺を射貫《いぬ》いた。

「わかっているのならなおさらよ。わかっていると、やっているとは違うわ。あなたは何もやっていないじゃない。わかっているのにやらないなんて、最低よ」

そう強く放たれた言葉に、なぜか懐かしさを感じた。

よくわからない感情に戸惑い、黙る。俺の様子に言いすぎたと思ったのか、彼女は気まずげに視線を逸《そ》らした。

「まぁ……合う合わないもあるでしょうけれどね。だけどそんなに勝ちたいのなら、頑張るしかないのよ。勝てないのなら、勝てそうなものを見つけて新たに挑戦してみたらどう？　あなたの道は一つではないでしょ。家に縛られていても、やろうとしないのは、もったいないわ」

「兄上に勝てるもの……？　それはなんだ！」

「そんなの知らないわよ。私はあなたのお兄さんに会ったこともないし、自分で考えなさい。どれだけ無理だと周りに言われようが、やればできるの。なんでもね。とりあえずやってみなきゃ始まらないわ」

少女は気だるげにため息をついたかと思うと、俺の手を強く引っ張り上げて立たせた。

「……ただやると決めたら、とことんやらなければ意味がないわよ。途中で挫折《ざせつ》しそうだと思うなら、初めからやめておきなさい。諦《あきら》められることに意味などないわ。どんなことでも突き詰めれば、それが自分の糧《かて》となり力となる。……でもそうね。それには仲間も必要。周りとうまく付き合いながら、信頼できる……もしくは力になるだろう人間をそろえなさい。あとは……違法なことに手を出してはいけないけれど、手段を選ばないことね。もっとも周りを利用しすぎるやり方は、ほどほどにしておいたほうがいいわ。……あなたの場合、お兄さんに勝ちたいという気持ちだけだし、後者は関係ないかもね」

彼女はそう淡々と話しつつ、俺の手を握りしめて、壁に向かって歩き始める。

握られた手は平民らしく、少し荒れていた。その荒れた手に温かい気持ちになり、俺は確かめるように握り返す。

「ところであなたはどうやってここへ来たのかしら？」

少女は壁の側に着くと、立ち止まった。

「……こっちだ」

彼女の問いかけに俺は藪《やぶ》をかき分け、道なき道を進んでさらに壁へ近づく。そこに開いた小さな穴を指さした。

「ここから入ってきたんだ」

「あら、これは……」

彼女は繁々《しげしげ》と穴を眺め、俺の腕を強く引き寄せる。

「ほら、さっさと帰りなさい」

強引に俺を穴へ押し込み、そのまま思いっきり突き飛ばした。

(初対面なのに、どうしてこうも扱いがひどいんだ⁉)

そう心の中で叫ぶと同時に彼女の腕を掴む。真っすぐな瞳と視線が絡んだ。

「待て、あんたの名前を教えてくれ」

「……嫌よ。あなたは貴族で、私は平民。もう二度と会うこともないでしょう。お達者で」

彼女は冷めた様子で腕を振り払い、俺の体をまた突き飛ばした。

背中を地面に打ちつけ痛みが走る。なんとか起き上がり穴を覗き込んでみると、そこにもう少女の姿はなかった。

俺はそのまま屋敷に戻り、彼女に言われた言葉をじっと考える。

追い越せないのなら、今以上に努力しろと彼女は言った。

わかっていると、やっているとでは違うんだ。

それから俺は剣の練習と勉強にひたむきに向かい合った。

勉強は俺には向いていないのか、まだまだ追いつけないが……剣なら兄上を超えられるかもしれない、そう気がついた瞬間だ。

練習を積み重ね体も成長し、次第にいい勝負ができるようになっていく。

まだ追い越せないが、もう不貞腐《ふてくさ》れはしない。諦《あきら》めずに挑戦する勇気を彼女からもらったんだ。

彼女にもう一度会いたい。

後日穴があった場所へ行ったけれど、もう綺麗にふさがれていた。

でもいつか必ず……

成長した俺を見てもらいたい。大人になった俺を、彼女は喜んでくれるだろうか?

彼女の笑った顔は見ていないが、きっと笑えば見惚《みと》れるほどに美しいだろう。想像すると、胸の奥から熱い何かが湧き起こった。


その記憶は俺の中に深く根付き、今も忘れることはない。

そして、彼女に告白した時から、俺は諦《あきら》めるつもりなんてなかった。

だって彼女が言ったんだ。

諦《あきら》めるつもりなら挑戦するなと。

やれることは全てやって、俺は必ずサラを手に入れる。それまで絶対に、諦《あきら》めないからな。

第二章

夜会への参加を決めたあの日以来、私は生徒会長のヴィンセントに会わなかった。

色々と気にかかることはあるのだけれど、平民の私が貴族である彼に会いに行くのは難しい。

朧《おぼろ》げな記憶の中のアルジーは愛人と寄り添い、憎しみのこもった瞳で私を睨《にら》みつけている。

彼の話が本当なのだとしたら、この記憶はなんなのかしら。

(……貴族とは関わらず平穏な学園生活を送ろうと思っていたのに、気になって仕方がないわ)

モヤモヤと思い悩む日々が続き、気がつけば夜会当日になっていた。

今日は学園はお休みだが、私は一張羅のワンピースを着て、学園へ続く門を見上げている。

ブラッドリーが家まで迎えに来ると言ってきたのは、全力でお断りさせてもらった。

その結果が……ここでの待ち合わせなのよね。

貴族街へ赴《おもむ》く手続きは、すでに完了している。

いつもとは違い生徒たちの姿がない門を通り抜けると、そこには警備兵の姿があった。

(休みの日も大変ねぇ……)

彼らの姿を目に入れつつ貴族街に続く門の前でそっと立ち止まる。

辺りをグルリと見回してみるが、馬車の姿はどこにもない。

(ブラッドリー様はまだ来ていないようね)

私は柱に背を預けて身だしなみを整える。貴族のお屋敷にお邪魔するんだし、今日は一番良い服を選んできた。

真っ白なシルクのワンピース。

貴族から見れば安物だろうけれど……平民の私たちには、相当高価なものだ。

もちろん宝石なんてない。

代わりに、上品に見えるよう黒いストールを巻き、帽子を被っている。

これならまぁ……貴族街へ行っても恥ずかしくないと信じたい。

昔の私は、金に物を言わせ、流行《はや》りのもの、高価なものを身につけていた。

ファッションなんてどうもいい、周りから注目を浴びられればなんでも良かったのだ。

そんな自分が選んだ服が果たして大丈夫なのだろうかと不安が過《よぎ》り、そわそわと落ち着かない。

大きく息を吸い込み顔を上げると、シーンと静まり返る学園が目に映った。

その風景は昔と同じ……かつての自分が通っていたころと一つも変わりがない。

王妃になった後や学園へ入学する前の記憶はかなり薄れているのに、学園での生活は比較的にはっきりと思い出せる。

(どうして一部の記憶だけが、これほどまでにぼやけているのかしらね)

校舎を見上げながら考え込んでいると、馬車の音が耳に届いた。

すぐに大公爵家のエンブレムが入った馬車が、私の前に停まる。

「すまない。遅くなった」

貴族らしくないラフな姿のブラッドリーが焦った様子で馬車から飛び降りると、私の手を優しく取る。

いつも制服姿ばかり見ているせいだろう……私服の彼に新鮮な気持ちになった。

ドキドキと胸が高鳴り、彼の姿を真っすぐに見られない。

何も反応を返さない私に彼が首を傾《かし》げる。そんな彼は、誰が見ても好青年そのものだ。

その姿に見惚《みと》れつつ、導かれるみたいに馬車へ乗り込み、私は平民となって初めて貴族街の中心に向かった。

ゆっくりと景色が流れていく。向かいに腰かける彼を意識しつつ、窓の外へ目を向けた。

懐かしい貴族街。

嫌なにおいはなく、清掃が行き届いている。

幅の広い道にはズラリと大きな屋敷が連《つら》なっていた。

平民地区とは違い、道が整備され、馬車から伝わる振動も少ない。

前世にはなかったサスペンションが開発され、馬車はとても乗り心地が良くなっている。

(あのころは馬車に乗るのが憂鬱《ゆううつ》だったわね。道もそれほど整備されていなかったし、お尻がすぐに痛くなるの。いくらクッションを敷いても限界があるし)

百年も経って、本当にいい時代になった。

そんなことを考えていると、ふと見覚えのある風景が目に映る。

（確かこの辺りに、実家の屋敷があったわね）

そちらへ顔を向けてみる。覚えのある他家の上位侯爵のエンブレムが大きくたなびいていた。

（よくここでお茶会が開催されたわ。侯爵家の自慢話を聞かされるばかりで、良い思い出はないけれど……）

私の屋敷はどうなっているのかと思い、そっと身を乗り出し覗き込むと、屋敷があったはずの場所はぽっかりと空き地となっていた。

（嘘でしょ、貴族の屋敷がなくなるなんて……血が途絶えたの？　もしくは何か犯罪に手を染め断罪された……？）

ふと空き地に残った一本の木が心に引っかかる。

「どうかしたのか？」

彼の言葉にハッと我に返った私は、慌てて座り直し、ニッコリと笑みを浮かべて軽く首を横へ振った。

「いいえ、貴族街なんて初めて来たから、色々と気になって……」

ごまかしつつ、もう一度空き地にポツリと佇《たたず》む一本の大きな木を眺める。

（あの木は何かしら……）

何も思い出せないが、嬉しいような悲しいような、そんな複雑な感情が胸の中に渦巻《うずま》く。

その答えも出せぬうちに馬車は進み、その木は視界から消えた。

しばらくして馬車がブラッドリーの屋敷へ到着し、入り口で何十人もの召使たちに出迎えられる。

（さすが大公爵様、壮大なお出迎えだわ）

護衛が並び立つよく手入れされた庭を通り抜け、大きな門の前で馬車は静かに停止した。

年配の執事が馬車の前にやってきて、丁寧に扉を開く。

「おかえりなさいませ、ブラッドリー様」

ブラッドリーは軽く挨拶《あいさつ》を返すと、馬車から降りこちらを振り返る。そうして小さく微笑《ほほえ》み、私に手を差し出した。

私はゆっくりと彼の手に自分の手を重ね、馬車の外に降り立つ。

踏みしめる土は柔らかく、その上には手入れされた芝生《しばふ》が敷かれている。

（この感触、懐かしいわね。まるで……昔に戻ったようだわ）

隣に立つ執事と視線が合ったが、彼は何も言わずブラッドリーに視線を戻した。周りの従者も同じように、誰も私を見ていない。

（まぁ……歓迎はされていないようね、当然だわ）

平民ごときが大公爵家の敷居を跨《また》ぐことを良しとする人間は、いないだろう。

過去の自分の姿が、頭の中を過《よぎ》る。

貴族だったころ、私を出迎えてくれたメイドや執事。

思い出す彼らの姿はどこか余所余所《よそよそ》しくて、こんな柔らかな表情はしていなかったものの、いつも出迎えてはくれた。それは、私以外にも人が――

（……そう、過去の私には妹がいたのよね。どうして今まで忘れていたのかしら？）

いえ、今はそんなことを気にしている場合じゃない。

大公爵家に平民が来るのはおかしい。それはよく理解している。

だからこそ、ここで粗相《そそう》をするわけにはいかないのだ。彼の隣に立たせてもらうのだから、しっかりしないと。

（マナーや振る舞いは体が覚えているわ）

メイドや執事たちがブラッドリーへ深く礼をするが、私にはしない。でも、私は余裕の笑みで淑女の礼を返し、彼の手が導く先へしっかりと足を進めていった。

見上げるほど大きな門を潜《くぐ》り屋敷の中へ入ると、広々としたエントランスで胸にバッチをつけた使用人とメイドが待ち構えている。

彼らはきっとブラッドリー専属の従者だ。

私は一歩下がって彼らにも淑女の礼を取ると、絨毯《じゅうたん》の上を進む。そうしてとある一室に案内される。数名のメイドを残し、ブラッドリーは部屋から出ていった。

彼の姿が消え、私は体の力を抜いてメイドたちに身をゆだねる。

（変に力を入れるより、彼女たちに全てを任せたほうがやりやすいのよね）

手際良くメイドたちは私のワンピースを脱がしていく。けれど、彼女たちも私を歓迎していないのだろう……こちらへ視線を向けることはない。笑みを見せることもなく、その表情は冷めていた。

服を脱がされると、湯あみに案内され、体を洗われる。

（懐かしいわ。あのころはなんとも思っていなかったけれど、こうやって改めて他人に体を触られ

ると、くすぐったいものなのね）

自然と表情が和《やわ》らぎ、懐かしい記憶が蘇《よみがえ》る。

あのころはこれが当たり前だったが、平民となった今、湯あみなんてそうそうできない。

（せいぜい水で体を流すくらいしかできないのよね。まぁ、私は毎日体を洗っているけれど……。そうしないと、気持ち悪くて耐えられないもの）

淡々と作業をこなすメイドたちに身を任せて隅々まで洗われたあと、湯舟に案内される。

湯舟にはバラが散らされ、上品な香りが辺りを包んでいた。

（良い香りね、過去の私も湯舟に真っ赤なバラを入れていたわ）

その香りを堪能《たんのう》するように深く吸い込み、静かにお湯の中へ身を沈める。そうして湯あみを済ませ部屋へ戻ると、ドレスを抱えた数人のメイドが待ち構えていた。

その姿に私はサッと彼女たちに背を向け、着替えやすいよう手を広げる。

誰かに着替えさせられる。これも貴族ならではのものだ。

あのころは当たり前だと思っていたせいで、平民は自分で着替えるものだと知った時は驚いたわ。

クルクルと慌ただしく動くメイドが、コルセットを巻いていく。懐かしい圧迫感に自然と笑みがこぼれ落ちた。

（この窮屈さ新鮮だわ）

かつての私は、コルセットが嫌で嫌で仕方がなかった。だって苦しいもの。

（それも今となっては、いい思い出ね……）

部屋へこもること数時間。真っ赤なドレスに身を包み、髪はアップにまとめられた。顔には頬紅、唇には淡い桃色の紅が塗られている。

鏡の前には令嬢となった自分の姿があった。

昔とは髪の色も、瞳の色も違うが……佇《たたず》む姿はあのころの私そのものだ。

（覚えているわ、こうやって夜会へ何度も赴《おもむ》いた。人脈を広げ、貴族社会での地位を得るために）

あのころは戦場に見合う、真っ赤なドレスを選んでいたのだ。

そんなことを、ブラッドリーが知るはずもない。

だからきっと、赤いドレスを彼が選んだのはたまたまだろう。

（でもこのドレスで良かったわ、なんだか気合が入るもの）

今回の夜会は戦いに行くわけではないが、前世の記憶をはっきりさせ、取り戻すものだ。

そうすれば、胸の中にくすぶっている想いに答えを出せるかもしれない。

茫然《ぼうぜん》と鏡を見つめる私に、メイドが訝《いぶか》しげな顔をする。私は慌てて口角を上げた。そうしてニッコリ笑みを浮かべ、ありがとうございますと礼をする。

メイドたちは驚いた顔で遠慮がちに私を扉のほうに誘《いざな》った。

開けられた扉を潜《くぐ》り抜けると、そこにはタキシード姿をしたブラッドリーが待っている。先ほどのラフな格好とは打って変わってピシッと盛装した姿は、貴族そのものだ。

紺色のジャケットを着て髪を整え、端整な顔立ちがさらに際立って映《は》える。

想像していたよりもさらに格好良い彼の姿に、胸が激しく波打った。

「ブラッドリー様……よくお似合いですわ」

そうなんとか言葉を絞り出したものの、頬の熱が高まっていくのを感じた。

「ありがとう。でも俺よりも……サラ、とても綺麗だ。やっぱり君には赤が似合うな」

そう爽《さわ》やかに微笑《ほほえ》んだ彼から私は慌てて視線を逸《そ》らす。沸騰《ふっとう》しているのではないかと心配になるほど頬が火照《ほて》っていた。

恥ずかしさのあまり俯《うつむ》き、ぼそりと彼に問いかける。

「扇子《せんす》を貸していただけないかしら？」

「あぁ、扇子《せんす》はあるか？」

その言葉に、執事が慌てた様子で扇子《せんす》をとってきて、私に差し出す。

それを受け取り、パタパタパタとゆっくりと開いてみた。

金色の刺繍《ししゅう》が目に映る。

(さすが大公爵家ね。繊細《せんさい》な金刺繍《ししゅう》の扇子《せんす》なんて、一体いくらくらいするのかしら)

前世で使っていたのは、黒を基調としたものだった。

黒は何色にも染まらない。それが私だと主張する意味を込めて、貴族たちに見せつけていたのだ。

私は扇子《せんす》を翳《かざ》し、ありがとうと笑みを深める。すると、執事が驚いた様子で立ち尽くした。

そんな彼を横目に、扇子《せんす》で口元をサッと隠す。

あのころ持っていたものとは全く違うものの、扇子《せんす》を持つと気持ちが引きしまる。

貴族はいつでも余裕でなければならない。感情的になれば、すぐさま相手に出し抜かれる。

（まぁ……今はそんな必要はないのだけれど。少なくとも、彼に見惚《みと》れている愚かな自分を隠すことはできるわ）

これで準備は整った。

ブラッドリーを利用する形になるのは悪いと思うものの、この夜会で忘れている自分の記憶を見つけ出す。

そう強い決意を固めると、私は真っすぐに顔を上げた。

差し出された彼の手に手を重ね、廊下を進む。

窓からオレンジ色の光が差し込んでいる。玄関ホールまで見送りに出た執事が、懐《ふところ》から招待状を取り出し、ブラッドリーに手渡すのを横目に私は馬車に乗った。

† † †

「――ありがとう、じゃ行ってくるよ」

「坊ちゃま、失礼ながら……あの方は本当に平民なのでしょうか？」

「私も同じことを思いました。普通、平民が人に世話をされると、慌てたり戸惑ったりするものです。けれど、彼女には全くそんな様子がありませんでした。むしろ……私たちに合わせて着替えやすいように動いてくれたのです」

賛同するように一人のメイドが頷《うなず》き、別のメイドも口を開く。

「それに湯あみも慣れたご様子でした。少しお世話をさせてもらっただけですが、まるで王妃様みたいな……高貴なお方をお世話している気分になりました。あの……なんと言いますか、雰囲気もそうですが、平民とはとても思えません」

「ですわね。立ち居振る舞いも美しいですし……」

「『本当に彼女は平民なのでしょうか？』」

そう声をそろえて話すのを聞いて、ブラッドリーはじっと考え込んでいたが、馬車に乗っていた私はあいにくそれを知らなかった。

† † †

ブラッドリーが馬車に乗り込むと、私たちは夜会の会場であるお城へ向かった。

しばらくすると到着し、私は昔と変わっていない城を見上げる。夕日がゆっくりと地平線に消え、辺りが闇に包まれていった。

ブラッドリーの腕に手を添えて城の中へ入ると、そこは懐かしい貴族の戦場だ。

鮮やかなドレスときらびやかな宝石を身につけた令嬢たちが、目をギラギラと輝かせ、優良物件を探している。

令息たちは顔を売ろうと、笑みを貼りつけて、あちこちに挨拶《あいさつ》回りをしていた。

（ふふっ、この風景、今も昔も全く変わっていないわ）

そんな貴族たちを横目に、私はブラッドリーと並んで廊下を歩く。突き刺さる視線が痛い。

それはそうよね。彼は紛《まぎ》れもない最高の物件で、王妃だった私ならいざ知らず、平民を連れて歩いているなんて、令嬢たちが認めるはずないわ。

(まぁ、あまり気にはならないけれどね)

令嬢たちの視線を撥《は》ねのけ、昔の自分を思い出しながら背筋をピンッと伸ばす。顎《あご》を上げ胸を張り、真っ赤な絨毯《じゅうたん》が敷かれた廊下を進んだ。

壁の装飾は流行《はや》りに合わせて変わっているものの、歩きなれたこの通路は何も変わっていない。艶《あで》やかな場所にそぐわないピリピリした空気もだ。

誰一人、純粋に夜会を楽しんでいる者などいないのだろう。

過去の自分が何度も脳裏にチラつき、胸の奥に黒くもやっとした何かがあふれ出てくる。

数人の従者を引きつれ、とりまきをはべらせて、廊下の真ん中を我が物顔で進んでいく姿。

(あのころは、ライバルである公爵家の娘よりも目立つために、自分自身を大きく見せようと必死だったわ)

貴族社会では、嘗《な》められれば全てが終わる。

私はスッと目を細めて余裕の笑みを作ると、借りた扇子《せんす》をそっと口元にあてた。

今こうやって思い出すだけでも、前世の私は良い人間ではなかった。

ヴィンセントが言うように、本当に人から慕われるような令嬢だったのかしら。もしそうなら、貴族になってもブラッドリーに嫌われることはないのかもしれない……

ふと浮かんだ考えに内心動揺しつつ彼と並んでホールへ入ると、パッとライトに照らされた。

会場内の視線が集まり、私は扇子《せんす》をしまって彼の腕に自分の腕をからめる。そして静かに淑女の礼をしてみせた。

ニッコリと笑みを浮かべ彼に寄り添って中へ入る。背後で扉が閉まった。

目が眩《くら》むほどの光で真っ白になった世界が、ゆっくりと開けていく。

光の向こうに現れた会場は、昔と全く変わっていなかった。

懐かしいともらしそうになるのをそっと呑み込み、静かに足を進める。

ふいにブラッドリーがこちらへ優しい笑顔を向けた。

「すまない、挨拶《あいさつ》をすませてくるから、ここで待っていてくれ」

私は彼から体を離し、わかったわと返事をする。また過去の自分が頭を掠《かす》めた。

夜会の時、私はいつも同じ場所にいた。

そこが私のものだと、皆に知らしめるように……

ブラッドリーが人ごみに紛《まぎ》れていくのを眺めるうちに自然と足が動き、私は会場の奥へ奥へと進んでいった。

(お気に入りの場所は、入り口から一番遠い……あそこだったわ)

実際に目にすると、記憶が自然と蘇《よみがえ》る。ならその場に行けば、過去の自分が見ていた景色を思い出すかもしれない。

見えない何かを求めて進んでいくと、突然、行く手を数人の令嬢に遮《さえぎ》られた。

「平民がこんなところで何をしているの？」

見覚えのある令嬢が私を睨《にら》みつけている。

彼女は確か同じクラスの……学園ではブラッドリーの目があるため、私に近寄らなかったのだろうが、今は夜会。傍《そば》に彼がいない現状、絡まれても仕方がない。

「あら、この方、平民ですの。どうも溝臭《どぶくさ》いにおいがすると思っておりましたわ」

「ドレスなんか着ちゃって、貴族になった気になっているの？　ふふっ、でも平民臭さは抜けていないわ。滑稽《こっけい》ね。あははは」

甲高《かんだか》い笑いに私はスッと目を細め、パチパチパチと扇子《せんす》を開いていく。威圧感を込めて真っすぐに令嬢へ視線を向けると、口元に扇子《せんす》をあてた。

私は平民だけれども、今は後ろに大公爵家のブラッドリーがいる。

(利用できる者は利用しないとね)

令嬢たちは気圧《けお》されたのか笑いを止め、怯《おび》えた様子で後退《あとずさ》った。

(ふん、昔はもっと過酷な世界を渡り歩いていたのよ、こんな雑魚共《ざこども》に負けるわけないわ)

そのまま私が一歩踏み出し、彼女たちはビクッと肩を跳ねさせた。

その姿に扇子《せんす》越しに笑みを浮かべる。そして、私は彼女たちの真ん中を突き進んだ。

「ちょっ、ちょっと、待ちなさいよ！　そこはダメよ！　そこは王妃になる特別なお方でないと、入っていけない場所なのよ」

先ほど怯《おび》えていた一人の令嬢が後ろから私の腕をとり、慌てた様子で引き留めた。

「……どういうことかしら？」

振り向きもせずそう静かに問いかけてみる。腕から彼女の震えが伝わってきた。

「……なっ、何よ。そこは昔からそう決まっているの！　だっ、だから平民ごときが近づいてはいけないわ」

彼女は必死に言葉を絞り出す。私はおもむろに振り返った。

昔から決まっている？

私の時代にはそんな決まりなかったわね。

むしろここは、私の専用の場所だったのだ。

彼女の手を振り払いもせず、令嬢たちを睨《にら》む。しばらくして、こちらに近づいてくる人影が視界を掠《かす》めた。

「君たち、こんなところで何をやっているのかな？」

声をかけてきたのは、生徒会長のヴィンセントだ。彼はニッコリと笑みを深める。

「きゃっ、ヴィンセント様！　あの……この平民が神聖なあの場所へ近づこうとしまして……。私、止めていたのですわ」

令嬢が先ほどの場所を指さすと、彼は小さく頷《うなず》く。

「そうだったんだね。わかった。後は僕から説明しておくよ。少し彼女を借りてもいいかな？」

「ちょっと……ッッ」

ヴィンセントは強引に私の腕をとると、令嬢たちの返事を待たずに、会場の外に連れ出した。

ガヤガヤと騒がしい声が微《かす》かに届く庭園にやってくる。彼はそこでこちらを振り返った。

「ははっ、いつもの場所に行こうとしていたのか？　だが、それはダメだ。君が知らないのも無理はないが、エリーがいつも佇《たたず》んでいた場所は今では神聖化されているんだよ」

「……意味がわからないわ」

彼の言葉に私は眉を寄せ、握られている手を振り払った。

「君が最有力候補だった公爵家の令嬢を蹴落とし、下位の侯爵令嬢から王妃になった。それほど公《おおやけ》になってはいないが、君の功績は素晴らしいものだったよ。そんな君にあこがれた令嬢たちが、君のお気に入りの場所を守っていたんだ」

（あの場所を守る？　私は本当に慕われていたの……？）

頭の中にいくつもの疑問が浮かぶ。

悩んでいるうちにふと気がつくと、庭園にいた他の貴族たちは会場にぞろぞろと戻っていった。きっと、そろそろ開会するのだろう。

「よくわからないわね。それよりも、戻らないとまずいんじゃないかしら。もうすぐ王の挨拶《あいさつ》でしょ？」

「そうだね。でも人が少なくなった今がチャンスだ。君は昔の自分を思い出したくないのかい？」

彼は笑みをさらに深め真っすぐにこちらを見る。青い瞳に私の姿が映し出された。

「思い出したいわ。だからこうしてここにいるんじゃない。私の記憶ではどうやっても人に好かれる要素は見当たらないもの。それにどうして自分が死のうと思ったのか……その理由が気になるの」

そう話すと、彼は私の手を再度握りしめ、会場から離れる方向に歩き始めた。王宮の廊下を進み、階段を上がっていく。

そこは百年前、王妃が歩いていた道。

道中、騎士と何度かすれ違うが……誰も何も言ってこない。王族専用の通路なのに。

平民の私や大公爵の彼が歩いているのはおかしいので、ヴィンセントが何か手を回したのだろう。

そのまま四階まで進んだそこは、エレノアの部屋があった場所。

灯りがともっていない通路は薄暗く、闇の中へ吸い込まれそうだ。

深い暗闇を畏怖《いふ》しつつも、私は彼に連れられて歩き、王妃であった私の部屋の前で立ち止まった。

「ここが昔の君が暮らしていた部屋だ」

「覚えているわ。でも、どうやって手を回したのか知らないけれど、中へ入るのはさすがにまずいでしょ」

そうとがめると、彼はニッコリと笑った。

「大丈夫、王は了承済みだ」

(はぁあ!?　この男何者なの？)

その言葉に驚愕《きょうがく》する私を置いて、彼は扉を開ける。懐かしい匂いが鼻孔を掠《かす》めた。

扉の向こうへ目を向けると、そこは私の知るものと寸分も変わっていない。

何もかもがそのままで……まるで昔に戻ったのではないかと錯覚する。

「どうして……？」

「君がいなくなったあの日……僕がこの部屋を残すように命令したんだ。まさか百年たった今も、同じ状態になっているとは思わなかったけれどね」

部屋は毎日清掃されているのだろう……埃《ほこり》一つなく、ベッドにはピンッと張った真っ白なシーツが敷かれている。

私が暮らしていた場所。

思い出すのは苦しみと悲しみだけ。

信じられない思いで部屋を見渡す。鮮明に覚えている、白い丸テーブルが窓辺に残っていた。

このテーブルでワインを飲んで、私は死んだのだ。

自分の死んだ姿が何度も頭を過《よぎ》る。テーブルの側へ行くと、なぜか胸が締めつけられ痛み始めた。

そのまま吸い寄せられるように窓際に向かう。窓の縁《ふち》には小さな線がいくつも書かれている。

それは薄く小さな傷みたいで……何百も引かれていた。

私はその傷に触れてみたが、ビクビクと何かが走る感覚に思わず手を引っ込める。

脳裏に過《よぎ》ったのは窓の外を寂しげに眺める王妃の姿。

(――これは……何……？)

私は誰かをずっと待っていた？

そう、私はこの部屋の窓から毎日毎日必死に誰かを探していた。

この印は待ち続けた証《あかし》。

「君の中にはいつも別の誰かが存在してた。それが誰なのか……どうやっても見つけ出せなかったよ。――なぁ、あのころのお前は一体誰を見ていたんだ？」

「私は……私は……違う……。私は……愛されていなかった……」

そうだわ、私は彼が迎えに来るのをずっと待っていた。

(――あぁ……私は彼のために王妃になったの)

優しげな笑みを浮かべた男の姿が目の前に広がった刹那《せつな》、意識がプツリと途切れた。

† † †

深い深い闇の中へ落ちていく。

ずっと心の奥底へ仕舞い込んでいた想いを求めて――


前世の私は下位の侯爵家に生まれ、三歳離れた妹がいた。

妹は両親に可愛がられていたのに、私はなぜか両親に疎《うと》まれていたのだ。

周りにいるのは召使いのみ。

いつも一人で勉強させられていた私は、遊ぶことを許されず部屋に閉じ込められ、まるで囚人のようだった。

妹は両親に綺麗な服を買ってもらい、食事も家族一緒に美味《おい》しそうなものを食べていたようだが、私は洋服はボロボロで、貴族とは思えないほど質素な料理。

もちろん部屋から出ることができないのだから、家族と食卓を囲むこともない。

私はいつも孤独だった。

母に言われているのだろう、召使いたちも私と会話をすることはない。話ができるのは、貴族に必要な勉強やマナーを教える先生だけだ。

でもその先生も、必要最低限の会話しかしてくれなかった。

母から向けられる眼差《まなざ》しには憎悪しかなくて、父は私に興味がない。どんなにいい成績を取っても、両親が私を見てくれることはなかった。

むしろ……少しでも間違えば、扇子《せんす》で何度もぶたれる。

痛いと泣き叫ぼうとも、母は気が済むまで私を殴り続けた。

一方、妹は勉強ができなくても、マナーで失敗しようとも……なんでも許してもらえる。

——どうして私だけ……？

そう何度思ったことだろうか。

子供のころはその理由がわからなかったけれど、ある日メイドの噂話《うわさばなし》を耳にした。

私はこの家の子供ではなく、母の姉の子供だったのだ。

姉妹それほど仲が良かったわけではなく、姉とその夫が病気で死に実家もすでになかったため、押しつけられた妹——義母《はは》が私を引きとった。

義母《はは》は私の母である姉を嫌っていたという。

才色兼備な姉を疎《うと》ましく思っていたらしい。

そんな義母《はは》が本当の子供を産んだ後ではなおさら、私を可愛がるはずなどない。

その事実に落ち込んでいたころ、ある男に出会う。

――あの日、珍しく義母《はは》から部屋を出ていいと許可をもらって、私は外へ飛び出した。

さすがに街へは行けないが、いつも窓から見ていた美しい庭へ行ったのだ。

庭にある大きな木。

私は迷わずその木へよじ登ると、心地良い風を感じながら街を眺める。

部屋から見るより遠くまで見渡せた。

私は高いところが好きだったのだ。

誰の目にも触れることなく見る爽快《そうかい》なその風景に、幼い私は自由を手にした気になっていた。

そうしてどれくらい街を眺めていたのだろうか……高く昇った太陽が幾分傾き、辺り一面をオレンジ色へ染めていく。その様《さま》は美しく、飽きることはない。

ふと人の気配を感じた。

恐る恐る地面に視線を向けてみると、真っ黒なローブをまとい顔の上半分をフードで隠している男の姿がある。

屋敷の者ではないだろう。

ならどうやって侵入したのか、はたまた客人なのか。

睨《にら》みつけると、見るからに怪しいその男が私に大きな手をそっと差し出した。

「可愛いお嬢ちゃん、下りておいで。私と一緒に行こう」

「嫌よ、知らない人についていってはいけないと言われているわ」

そう冷たく断ったのに、男は口元に笑みを浮かべる。

「そうだねぇ、でもこちらも引き下がるわけにはいかないんだ」

男は幹へ手をかけると、軽々と登ってきた。

その姿にビクビクと怯《おび》えてしまう。彼はあっという間に私の傍《そば》にやってくる。風でたなびくフードの奥に、空みたいに真っ青な瞳が光っていた。

そのまま男は私を軽々と持ち上げ胸に抱きかかえる。

「ちょっと離しなさいよ！　人を呼ぶわよっ!!」

そう力一杯叫ぶと、男は何が楽しいのか、クスクスと笑った。

「泣かないのかい？　怖いだろう？」

「……ッツ、こんなの全然怖くないわ」

そう強がってみせるものの、体は小さく震えている。それでも必死に男を牽制《けんせい》すると、彼は私を覗き込んだ。

私が映り込むその澄んだ瞳に魅入《みい》る。

彼がそっとフードを脱ぐ。

現れたのは、優しい瞳の、若いのだろうか……二十代ぐらいの綺麗な顔をした青年。

髪は夜の海を思わせる深い青で、長いそれを後ろで一つに縛っている。

「君は子供らしくない、子供だね」

「……っっ、なんなのよ！　怖くないんだから。それよりも下ろしてよ‼」

そう涙をこらえて必死に叫んでいるのに、男はなぜか肩を震わせて笑い始める。

その表情があまりにも自然で、私はわけがわからず彼を見つめた。男は私を抱いたまま軽やかに、木の幹を伝い下りる。

彼の髭《ひげ》がチクチクと頬に触れた。

誰かに抱っこされたのは初めてだ。

こんなにも人は温かいのだと知る。

胸がウズウズするみたいな不思議な気持ちになった私を、彼は地面へ下ろす。そうして目線を合わせるようにしゃがみ込み、クシャクシャと私の頭をなでた。

「君は強い瞳をしているね。その目気に入ったよ。また明日、来るね」

——強い瞳？

男はわけのわからない言葉を残すと、私を置いて立ち去った。

そうして翌日から、彼は毎日私の前に現れるようになったのだ。

今まで頑《かたく》なに部屋から出そうとしなかったのに、義母《はは》はなぜか私の外出を認めてくれる。

それを疑問に感じながらも、外へ出られる嬉しさに、あのころの私は深く追及しなかった。

いつも同じ時間に、あの木へ登る。

高いところは良い。

遮《さえぎ》るものがなく、彼が現れるとすぐにわかる。

もちろん……最初のころは彼を警戒していた。

目的は一体なんなのか、どうして私を連れて行こうとしているのか。

そして、どこへ連れていきたいのか。

お金目的の誘拐なら、すでに無理やり攫《さら》われているわよね。

でも彼に私を強引に連れ去る気配はない。いつも一緒に行こうと手を差し出すだけ。

でも、子供ながらに、どうしてもその意味を知りたかった。

だから一杯話しかけたのだ。

直接聞いても教えてくれないから、遠回しに尋ねてみたりしてね。

そうやって会って話をするうちに、私は彼と打ち解けていった。だって彼は私の話を聞いてくれて、答えてくれて、それに笑ってくれる。

彼に会いたい気持ちが膨らんでいく。

屋敷では誰も私と視線を合わせようとしない。いない者みたいに扱われるの。

向けられるものは、憐《あわ》れみと憎悪だけ。

たとえ正体不明の怪しい男でも、いつも傍《そば》にいてくれる彼を、私は待つようになった。

――今一緒に行こうと言ってくれれば、迷わずついていくのに……

ところが、そのころになると彼は一緒に行こうと言ってくれなくなった。

どうしてかは、知らない。

ただ、彼に出会ったことで、私の暗かった生活は一変する。

彼は物知りで、私の知らないことをたくさん教えてくれた。

街のことやお城のこと、外の世界のこと、貴族のこと、平民のこと。

誰も聞かせてくれなかった新鮮な話にワクワクした。まるで自分が冒険しているような、そんな気分になる。

彼と会う時間は、かけがえのない、何よりも大切なものになった。

そんなある日。私はふと彼の名を知らないことに気づく。

「ねぇ、まだ聞いていなかったわね。あなたの名前はなんというの？　私はね、エリー」

「僕はベン。……また明日来るよ」

名を知ったことで、ますます彼に惹《ひ》かれていったわ。

それが幼いながらに恋心だと気がつくのに、時間はかからなかった。そして、私はアプローチを始める。

だって彼は格好良いし、すぐに行動しないと他の令嬢に奪われてしまう！

そんなの絶対に嫌。

怪しい男だということも忘れて、気持ちを伝えたのだ。驚いたことに、彼はあっさりと私の気持ちに応えてくれた。

僕も好きだと、甘い言葉とキスをくれる。

触れるだけの幼いキス、あれが初めての口づけだ。

彼との短い逢瀬《おうせ》を重ねるようになり一年が過ぎ、二年の月日が流れた。

離れるのが寂しくて引き留めているのに、彼は必ず同じ時間に私の前から去る。

それはずっと変わらなかった。

両親はこのことを知っているのだろうか……

屋敷の敷地内のことだ、気づかれていないはずがない。でも何も言わないのが不気味だ。

そしてその二年間でも、私はベンについて名前以外、何も知ることができなかった。

どこへ帰っていくのか。こっそり彼を尾行したこともある。

でもすぐに見つかって、屋敷に連れ戻されてしまった。

仕事も、年齢すらも、彼は教えてくれなかったのだ。

それでも私はベンを愛していた。

——そして最後の日が来る。

さすがに大人になっていた私は、登るのをやめた木の側で、ベンの姿を探していた。

現れた彼はいつもと違い、どこかピリピリとした空気をまとっていて、私はなぜか恐怖を覚えたのだ。

「ベン、どっ、どうしたの？」

そう問いかけてみると、彼は青い瞳を細めてニッコリと笑みを浮かべる。

「ごめんね、エリー。会いに来るのは今日で最後だ」

「うそっ!?　そんなの嫌よ!!」

堪《たま》らずにしがみつく私を、彼は優しく抱きしめ返してくれた。

その刹那《せつな》……ベンのローブから微《かす》かに鉄の匂いを感じ、私の体がブルッと小さく震える。

「ベン⁉　怪我をしているの？」

慌てて顔を上げると、彼は懐《ふところ》からキラリと光るナイフを取り出した。

「獲物を見つけてね、さっきちょうど狩ってきたところなんだ」

「……ッツ、そうなのね……」

（獲物？　動物かしら……？）

血が綺麗に拭き取られているナイフを私はマジマジと見つめる。彼はしがみつく私の手を解いた。

「嫌よ、離さないわ‼　もう会えないなんて、許さない」

「ごめんね、でも仕事で遠いところへ行かなければいけないんだ。もうここへは戻ってこない」

「それなら……私も連れていって。私を置いていかないで、好きなの」

そう震える声で必死に訴えかける。目に涙があふれた。

――こんなにも好きなのに……好きだと言ってくれたのに。

「お願い。どこにも行かないで、嫌よ、一人にしないで」

「ははっ、最初に会った時エリーは一緒に行きたくないと、そう言っていただろう？」

「あれは……ッツ！　あなたのことを知らなかったからよ。今は知ってる！　だからお願い私も一緒に連れていって！　この家で私は必要のない存在なの。だから……ッツ」

必死にそう叫んでも、彼は軽く首を横に振る。

「残念だけれども、それはできない。出会った当初なら、連れていってあげられたんだけれどね。そうだねぇ……もしもう一度僕と会いたいと望むなら、この国の王妃になると良い。そうすれば僕はもう一度、君の前に現れよう。愛しているよ、エリー」

「王妃……？」

「ああそうだ。王の妻となる女性だ」

――侯爵家の私が王妃に……？

血統を異常に大事にするこの国で、王妃に選ばれるのは、大公爵家や公爵家の令嬢ばかりだ。彼女たちよりも爵位が低く家でも厄介《やっかい》者扱いの私が、王妃になるなんて可能なの……？　それに私が好きなのは……

不安でベンのローブをギュッと握りしめる。けれど、その手は強い力で引きはがされた。

「大丈夫、君なら王妃になれる。素質があるんだ。君だけに神様が与えてくれた貴重な宝。美しい容姿に、賢い頭脳、人を惹《ひ》きつける瞳、強い心……これは誰もが持っているものじゃない」

彼がそこまで言うのなら、そうなのかもしれない。

なら私は彼に応えるために、必ず王妃になるわ。

彼の言葉に私は涙をぬぐい顔を上げる。そして、澄んだ青い瞳を見つめ返した。

「わかったわ、絶対王妃になる。だから……その時には必ず会いに来て、約束よ。でもこれだけは言わせてほしいの、私は王妃になったとしても、あなたをずっと愛し続けるわ」

そう強い決意ではっきりと言葉にする。彼はコクリと頷《うなず》き、私の前から姿を消した。

それから私は王妃になるために、毎日血を吐くほどの努力をするようになったのだ。

彼にもう一度会いたい、その気持ちだけで……

義妹《いもうと》や義母《はは》の虐《いじ》めなんて、なんとも思わなくなった。

だって私には彼がいる。

それが何より支えだった。

また、不思議なことにベンと別れた日から、義母《はは》が私を社交場に連れていくようになったのだ。

何を考えているのかわからなかったが、それは私にとって好都合だった。

下位の侯爵家の疎《うと》まれている娘が王妃へのし上がるには、横の繋がりが必要になる。

私は力のある者にすり寄った。

弱みを探し出し、時には脅し、従わせる。

知識の吸収はもちろん、人脈を広げ、邪魔な者は始末し、自分を一番に押し上げていった。

もっとも、邪魔になる者はあくどい貴族が多く、感謝されることもあったのは驚きだ。

弱い者を虐《しいた》げる暇などあるはずもなく、邪魔さえしなければ、こちらからは手を出さない。

そんなふうに自分の地位を確立させていき、気がつくと王妃に一番近い存在に成り上がっていた。

そうして私はアルジーの妃《きさき》になる。

――しかし、ベンは現れなかった。

私が妃《きさき》になってすぐ、平民と貴族の間で小さないざこざが始まった。多忙な日々が続く。

王の代替わりと重なって対応が遅れたため、それがきっかけで、あっという間に平民と貴族の間に大きな溝ができる。

王宮は急ぎ動くが、溝はどんどん深まるばかり。

王太子妃から王妃になったばかりの私は微力ながらもアルジーの横に並び、一緒に対策を考えた。

お茶会を催《もよお》し情報を仕入れ、積極的に社交場へ赴《おもむ》き、裏では密偵を使って……そしてある結論に至る。

敵は隣国。

彼らは綿密な計画に基づき、内戦を起こそうとしているのだ。

内戦が起これば国は荒れ、隙が生じる。彼らは国を奪おうと模索しているのだろう。

……そうわかった時には、もう遅かった。解決できぬままに時間が流れ、状況はどんどん悪化する。

これでは、ベンが会いに来るどころではない。

夫であるアルジャーノン王は頭を抱え、私も知恵をしぼった。

そんなある日。私はとある青年を見つける。

まだ十六歳の彼は、城の研究員の中では最年少だった。

「ねぇ、何を作っているの？」

「えっ、あっ、その……、えーと、これは……あの……っっ」

話しかけると、彼はおどおどと伏目がちに声を詰まらせる。

「ふふっ、そんなに緊張しないで。ねぇ、ここで研究を眺めていてもいいかしら？　私の名前はエリー、あなたは？」

「へぇっ、あっ、えっ、ぼッックは、エドとッ、いいます」

彼はなぜか顔を真っ赤にして目を伏せ、モジモジと鉱石を触っていた。

そんな姿に不思議と微笑《ほほえ》ましい気持ちになる。私はエドの傍《そば》で研究を眺めるようになった。

彼は、いつも一人で実験をしていた。

人と話すのが苦手なのだろう、研究員たちとの会話も俯《うつむ》き加減で口ごもっている。

でも足繁く通い続けたことで、次第に私とは打ち解けてきた。

「ねぇ、これはどうなっているの？　固い石が溶けちゃったわ」

「えーと、ですね、この鉱石とこの樹液を混ぜると反応するんです」

「さすが優秀と評判のエドね、この樹液にこんな使い方があったなんて」

話題は専《もっぱ》ら研究のことばかりだったけれども、エドの考え方は興味深い。

そして、時折笑みも見せてくれるようになった彼の傍《そば》にいると、私もなんだか心がほっとしたの。


そんな彼の研究内容から、私はある計画を思いついた。

夫にその話を持ちかける。

この国に壁を作り、平民と貴族の住み分けをしようと。平民の不満のほとんどは貴族と生活空間を共有することで起こっているのだ。

以前からあることはあった案だが、壁を作るほどの時間はないと却下されていた。

この広い土地に石を積み上げるためには、多くの時間と労力が必要になる。

そこで私はエドが作り上げた液体を夫に見せた。

ドロドロとした黒い液体。

それを木材へ塗り込めば、数時間も立たないうちに石のように硬くなる。

それを見た王は、すぐに人を手配し平民地区と貴族地区を分けて間に壁を作り上げたのだ。

このころ、アルジーと私の関係は夫婦というよりも戦友に近いものになっていた。

そう、私はアルジーの隣で、この国を支えていたのだ。

その甲斐《かい》あって穏やかな日々が戻る中、私は毎日、窓の外を眺めていた。

彼はまだ私の前に姿を現さない。

彼が来ない日を、私は毎日毎日窓へ刻んでいく。

探してみようと考えたこともあったのだけれども……知っているのは顔と名前だけ。

それ以外、私は彼のことを何も知らない。

ところが、転機が訪れる。……お忍びで出かけた街で、彼――ベンの姿を見つけたのだ。

慌てて彼を追いかけたどり着いたのは、人気《ひとけ》のない裏路地だった。

しかし、それ以上の追跡を護衛騎士に止められてしまう。

そこで彼を見失った私は、信頼できる従者に先ほど見た男を調べるように命令した。

そしてわかった事実。

それを受け止められるまで、私は部屋に引きこもる。

誰も近寄らせることなく、一人でひたすら泣く日々。

もう涙が出ないほど泣きはらしたある日、私は決意を固めた。

全てを清算しよう、と。

私はまず、学生時代に知り合った踊り子を呼び寄せ、夫の愛人になってくれと頼む。

貴族はダメ、アルジーを支えることなんてできない。

だって彼女たちは私利私欲で動く。それでは王の助けになれない。

アルジーは王であるけれど、一人の人間でもある。

強く見せていても本当はさみしがり屋で、甘えたがりやな彼。

数年の短い付き合いだったけれど、アルジーの好みは把握しているわ。きっと気に入ってくれるはず。

私は王にその踊り子を紹介する。思惑《おもわく》通り、アルジーはすぐに彼女を愛人にした。

他にも私が携《たずさ》わってきた仕事を人に渡していく。

どうしてそんなまねをするのかと問い詰められることもあったけれど……そこはうまくごまかした。

そして粗方引き継ぎが終わったころ、私はコッソリ街に行く。そこで一人の少女と会ったのだ。

彼女は重い病気のため、街外れの小さな家でひっそりと寝ていた。

成人していると聞いていたのに、体は小さく肌は青白く、やせ細っている。

そんな彼女の姿に、私は計画実行への思いを強めた。金目のものを売り払い、資金を手に入れる。

金目のものとは実家である侯爵家から贈られたものだ。

あの家には、何一つ思い入れがない。散々、虐《しいた》げたくせに王妃となった私を利用し、贅沢三昧《ぜいたくざんまい》だもの。

その資金をこの街一番の医者に渡す。

一週間後、この住所にいる少女を治療してほしいと、そう言《こと》づけて。

結局不審に思われ、王妃の身分を明かして慈善事業の一つであり大切な友人を救いたいのだと伝えることになったが、医者は内密に事《こと》を進めるように手配してくれた。

そうして一週間後の満月の夜。私はとある人物を招待する。

人払いはした。彼は必ずやってくる。

ワインを手配し、その日が来るのをじっと待つ。

一週間後の月の光が差し込む部屋の中、私は勝負服の真っ赤なドレスを身につけて待っていた。

王妃になった証《あかし》のティアラが月の光に反射し、キラキラと輝いている。

テーブルにグラスを一つ置き、真っ赤なワインを注いでいると、トントンとノックの音が響いた。

はい、と返事をし、自ら扉を開ける。そこにはずっと会いたかった……ベンが優しい笑みを浮かべて立っていた。

あのころよりも、目じりには皺《しわ》が寄り、幾分老けて見える。

私は彼に救われたの……

彼に言われたから王妃になった。

ベンは洗練された礼をする。私は彼を迎え入れると、真っすぐにその青い瞳を見上げた。

「来てくれて嬉しいわ。お久しぶりですわね、ベン様。誰にも会わなかったかしら？」

「久しいね、エリー。とても美しくなって……。もちろん、誰にも見られることなくここまで来られた、感謝するよ。さぁ、遅くなったけれど約束通り君を迎えにきたよ。一緒に行こうか」

手を差し出す彼に、私はその手を取ることなく、ニッコリと微笑《ほほえ》み返す。

「どうしようかしらね……。だってあなたが連れていくのは、死の世界にでしょう？」

「ふふっ、さすが聡明な王妃様だ」

彼は楽しそうに目じりに皺《しわ》を寄せ、懐《ふところ》に手を忍ばせる。その手にはキラリと光るナイフが握りしめられていた。その刃は彼の横顔を映し出している。

「あなたがなかなか会いに来てくれないから、自分で探し出したの。そこでようやく……ベン――ベネディクト、あなたのことを知ったわ。あなたは殺し屋で、私の前に現れたのは義母《はは》に頼まれたからだったのでしょう？　おかしいと思っていたのよね。部屋から出ることを許さなかった義母《はは》が、突然、私の外出を許可し始めるなんて……」

そこまで話すとベンは満足げな笑みを浮かべた。

そのまま近づいてくる彼の姿が、月明かりに照らされていく。

「あぁ、そうだよ。君がそこまで行きつくのは計算済みだ。私を呼び出すだろう、ということもね。普通だったら、私みたいな殺し屋が王妃に近づくなんてできない」

その言葉に私は深く息を吐き出すと、彼から離れ、窓のほうへ足を進めた。

「あの人にとって私は、それほど邪魔な存在だったのね」

「君が優秀すぎるのが原因だ。なんとも滑稽《こっけい》だね」

「ねぇ、一つ聞いてもいい？　……どうしてあの時、私を殺さなかったの？」

静かに問いかけると、彼はスッと目を細めた。

――愛していると言ってくれたわよね？

口づけだってしてくれた。

私の傍《そば》で笑っていたのは、嘘じゃないわよね？

ベンが私を殺さなかったのは……少なからず私を好きだったからだ、そう信じたかった。

暗殺目的で近づいたのに、彼は私を殺さなかったのだ。

それは……私を好きだからだと、信じるための最後の望み……

――それをどうしても、確認したかったの。

青い瞳がじっと私を見つめ続ける。私は無意識に彼へ手を伸ばしていた。

「いいねぇ、その真っすぐな瞳。でも変な期待をしているみたいだから、はっきり言っておくよ。私は君を、これっぽっちも好きではなかった。君は利用価値のあるただの駒《こま》にすぎない」

はっきりと告げられた言葉に、胸が張り裂けそうに痛み始める。

伸ばした手は空を切り、そのまま力なく落ちていった。

希望は全て打ち砕かれ、目の前が闇に染まる。私はなんとか足に力を入れると、大きく息を吸い込む。

「そうよね……。あなたの口からはっきり聞けて、良かったわ」

「ほう……冷静だね。もっと取り乱すかと思ったよ。君は私を大好きなのだろう。もう来られないと伝えた時、泣きながら縋《すが》りついてきた」

ベンはそっと私の頬へ手を伸ばし、優しくなでていく。

その手は温かく、そして懐かしく……なぜか安堵《あんど》する自分がいた。

私はその手にそっと自分の手を添えて、彼をじっと見上げる。

初めて出会ったころよりも老けてはいるが、大好きだった微笑《ほほえ》みは変わっていない。

晴れ渡った空を思わせる青い瞳に、深い海を写した蒼い髪。

ここにいるのは紛《まぎ》れもなく、私が愛したベンだ。

「ねぇ、私を殺してお金を得て、それで妹さんの病気は治るのかしら？」

そう静かに囁《ささや》くと、彼から笑みが消えた。冷めた視線で、私の頬から手を離す。

「そこまで調べたのかい。全く優秀すぎるのも難儀なものだ。……君の言う通り、私は君を殺して、妹を救う。そのためだけに、何十人、いや何百人もの人を殺し続けてきた。妹は難病でね、治療を続けるのに金が必要だ。だが完治はしない。……昔の君を殺しても、治療代には程遠い額だったが、王妃を殺すとなれば話は違う。君の価値はあのころの何百倍にも跳ね上がっているよ。ただの少女を一生暗殺し続けても稼げない額だ。ははっ、王妃の座を狙う貴族はたくさんいる。そいつら全員から報酬を受け取るつもりだ。だからあの時殺さなかった。王妃の素質を見つけたからね。……もし君が王妃になれない程度の人であれば、早々に殺していたよ」

そこまで一気に話すと、彼は私を見下ろす。

その瞳は闇に染まり、ひどく冷たい……恐怖よりも悲しさが勝り、私の胸の奥がチクリと痛む。

「そう……でも彼らが大人しく報酬を渡してくれるかしらね」

「ははっ、それは問題ない。私のバックには大物がついているんだ。心配してくれてありがとう。それよりも私を呼び寄せたんだ、今さら命乞いしても無駄だよ。私の気持ちは変わらない。今日ここで君を殺す。そして妹に最高の医者をつけ、完治させるんだ」

私はグイッとベンの腕を引っ張り、唇に噛みついた。

舌をからませ熱く口づける。彼は驚いた様子で目を見開いた。

じっと彼の瞳を見つめながら、ゆっくりと唇を離すと、熱が静かに引く。

一瞬の沈黙の後、彼は平静を取り戻して口を開いた。

「大人になったね、エリー。私からの優しさだ。苦しまずに殺してあげよう」

「……いいえ。私は、あなたに出会って、恋をした。だからあなたに殺されるのはいいの。けれど……妹さんが完治すれば、あなたも普通の生活を送りたいでしょう？　王妃殺しなんて罪を背負ったら生きていけない。だから――」

私はそこで言葉を切ると、彼の耳元へ唇を寄せ囁《ささや》いた。

「あなたの手は借りない、自分で死ぬわ。あそこに用意しているワインにね、毒を仕込んでおいたの」

彼の胸を押すと、月明かりに照らされたワインボトルへ顔を向ける。

「……本気で言っているのかい？」

「えぇ、本気よ。毒もワインも全て私自身が調達した。どれだけ探しても、あなたの痕跡はないから安心して。私の死を見届けたら、その暖炉から逃げると良いわ。カギは開けてある。その暖炉はね、隠し通路になっているの、いざって時に王妃を逃がすためにね。逃げたら中からカギをかけておいて」

私は彼に精一杯の笑みを浮かべてみせた。

「……一人だけ信頼できる従者に、あなたのことを話しているの。きっと助けになるわ」

これで全てが終わる。

どれだけ苦しくても、もう涙は出ない。

わかっていたことだもの。

でもほんの少しの希望が胸の中でくすぶっていて、最後の決断を先延ばしにしてしまっただけ。

もしここで彼が私の気持ちに応えてくれたのなら、私は彼と一緒に逃げ出すつもりだった。

そうならなければ、死ぬと決めている。

こんな身勝手な私が王妃になってごめんなさい。

でもね、私の代わりはたくさんいる。

だってそうやって世界は回ってきたんだもの。

私がいなくなっても平気。

結局、誰も私を見ていなかったけれど、私が彼の妹と彼自身を助けるわ。

だって愛しているから。

「やれることは全てやり終えているの。今日あなたと会うまで準備が大変だったわ。ふふっ、私はね、本当にあなたを待っていたの。そしてずっと愛している。こんな私に……愛するという気持ちを教えてくれてありがとう。ねぇ、最後に一つだけわがままを言ってもいいかしら？」

「……なんだい？」

「あのころみたいに笑ってほしいの」

見つめると、彼はぎこちないながらも口角を上げる。

その姿が昔と変わらず愛《いと》おしくて、私は自然と笑みをこぼす。そのまま一人テーブルの前へ歩いていった。

そうして彼に乾杯するようにワイングラスを持ち上げ、満月を見上げて一気に飲み干した。

熱さと苦しさで、その場に崩れ落ちる。先ほど見たベンの笑みが瞼《まぶた》の裏に映り、悲しみと苦しさ、そして幸せを感じて、私は静かな眠りについたのだった。

† † †

――あぁ……全て……思い出した……

私は……私が死んだのは彼のため。

私は彼が好きだった……愛していた。

そうして最後に選んだ道が、死ぬことだったのね。

私はなんて自分勝手で愚かな王妃だったのかしら。

薄れていくベンの姿へ手を伸ばしてみるが、その手が届くことはない。

孤独と絶望が私を支配する。

彼の中で、私という存在は――

そこでハッと目を覚まし、私は慌てて飛び起きた。

瞳からポロポロと涙がこぼれ落ち、止まらない。

ここは見慣れた自分の部屋だ。王妃として暮らし、そして最期に彼と会った場所。

これが私の過去……

そっか、だから私は自分の気持ちを認めるのが、怖かったのね。

「思い出したのか？」

ヴィンセントの問いかけに、コクリと深く頷《うなず》く。

過去と現在が交差して、部屋に王妃であった私の姿が浮かび上がる。

真っ赤なドレスを着て窓際に立ち、ベンを待ち続ける姿だ。

――いつか彼が会いに来てくれる。

そう信じていた過去の私。

悄然《しょうぜん》としていると、ヴィンセントがそっと後ろから私の体を包み込み、首元に顔を埋《うず》めた。

その様《さま》はアルジーが疲れた時にする仕草そのものだ。

懐かしい気持ちで小さく微笑《ほほえ》み、柔らかい髪へそっと手を伸ばして昔していたように優しくなでた。

「苦しい思いをさせて悪かった。でも俺はどうしても知りたかったんだ。なぁ、お前はどうして死んだんだ？　……誰を想っていたんだ？」

「ふふっ、私は……自分を殺そうとしていた殺し屋を好きだったの。死んだのは彼がそう望んだから。滑稽《こっけい》よね」

素直に答えると、ヴィンセントのサファイアの瞳が悲しげにユラユラと揺れる。

その様子がアルジーの姿に重なり、私は彼の頬へ手を添えて微笑《ほほえ》みかけた。

「殺し屋だと……。俺は……お前の瞳に映る誰かが……ずっと羨《うらや》ましくて、妬《ねた》ましかった。どうして自分ではないのかと、何度考えたと思っているんだ……ッッ」

絞り出すような声で呟《つぶや》き、彼が突然私をベッドに押し倒す。

そのまま両手をシーツへ縫いつけた。ヴィンセントではない、アルジーの姿が私には見える。

いつも自信満々で、勝気な彼の姿。

「俺と婚約しろ。全て初めからやり直すんだ。俺はエリーを愛している、ずっと、ずっと誰よりも……」

綺麗な顔が間近に迫り、私は戸惑った。必死に力を入れてみるが、彼の手を振りほどくことができない。

「……ッッ、何を言っているの？　あなたはアルジーじゃないでしょ。私もエリーじゃない。今の私はサラ。王妃だった私はここにいないわ。あなたも同じよ、ヴィンセント様」

名をはっきり告げてみると、彼は深く目を閉じ、大きく息を吸い込んだ。

「違う……俺はヴィンセントだが、アルジャーノン王でもある。あのころの俺はお前を知って、そして愛していた。けれどそれを口にすることができなかったんだ。お前は俺のものだと驕《おご》っていた……いや、お前は俺を友だと思っていただろう。気持ちを知られれば関係が崩れ、お前が離れていってしまう、それが怖かったんだ。それに政略結婚した妻を好きになるなんて、恥ずかしくてさ。だから、お前に愛人を作れとすすめられた時、腸《はらわた》が煮えくり返りそうなほどにつらかったよ。それでも俺はそれに従った。どうしてかわかるか……？」

彼は顔を歪《ゆが》める。私が小さく首を横に振ると、腕から彼の震えが伝わってきた。

「もしかしたらお前がやきもちを焼いてくれるかもしれない、そんな期待があったんだ。馬鹿だよなぁ……。でもお前は、俺に愛人ができて嬉しそうにしていた。間違えたのだと気がついた時には、もう取り返しがつかなくなっていた。エリーが俺の前から消えたんだ。現実を受け止めるまで、大分時間がかかった。だがようやくスッキリしたよ。今、お前が愛したその男はいない。なら――」

彼はそこで言葉を止めると、そのまま私の胸もとへ顔を寄せ、唇を落とす。

「ちょっ、待ちなさい！　とっ、とりあえず離して！　何度も言っているでしょ、私はエリーじゃない!!」

彼の柔らかい唇に体がビクッと反応する。ヴィンセントの腕を振り払おうと必死にもがくが、ビクともしない。

彼はそっと青い目を閉じ、深く息を吸い込んだ。

「……そうだったね。ならヴィンセントである僕の妻になってほしい」

妻……？

「む、無理よ!!　私には……もう……ッッ」

「なんだい、誰のことを考えているの？」

その声にハッと顔を上げる。青い瞳の奥深くには闇が浮かんでいた。

底冷えするような視線に、震えそうになる体を必死に抑える。

「いえ……その……私は貴族になりたくないの!!　貴族だから利用された。愛した彼に……。両親に憎まれながら育っても、彼だけは私を見てくれている。そう信じていたのに……。もう暗くて深い闇の中で孤独になるのは嫌なのよ」

「それは答えにならないよ。僕のことは嫌いかい？」

「嫌いも何もあなたのことを知らないわ！」

「なら知ってほしい。だから今度の休みに僕の屋敷へ招待させてくれないかな？」

(なんで、どいつもこいつも同じこと言うのよ！　貴族になりたくないと言っているでしょ!?)

「おっ、お断りするわ！　違うのよ、私は貴族になりたくないの！　もうあんな世界は懲《こ》り懲《ご》りなのよ。だからあなたを知っても知らなくても、貴族は嫌！　あぁもう、どうしてこうも貴族ばかりが集まるのっ！」

そう悪態をつくと、ヴィンセントはスッと目を細めて、顔を近づけてきた。そのまま腕の中へ私を囚《とら》える。彼は口で器用にドレスの紐《ひも》を解いていった。

「待って、やめて……」

慌てて彼を制止しようとするが……身動きできない。

熱い吐息が肌にかかり、湿った舌が肌を伝っていく。

痺《しび》れるような甘い刺激に、ビクビクッと体が反応した。恐る恐る視線を上げると、そこにはヴィンセントではない――意地悪そうな笑みを浮かべるアルジーがいる。

恐怖に体をこわばらせた私が、サファイアの瞳に映り込む。けれどその刹那《せつな》、ふと彼の動きが止まった。

「お前が素直に来ると言ってくれさえすれば、この手は離す」

その言葉に私は唇を小さく噛む。彼の腕の中で必死にもがいた。

「どうして今さら……？　私に気がついていたのなら、すぐに言わなかったのもなぜ？　今になって、何が目的なのよ!!」

そう強く叫ぶと、彼は私の髪を優しくなでる。

「目的か……ないこともないが、一番はお前とゆっくり話をする時間が欲しい。と、言っても信用してもらえないだろうな。お前は昔から色々と考えすぎだ。まぁお前の周りにはろくでもない貴族連中が多かったから、勘ぐるのも無理はないが……」

間近に迫る彼の瞳を虚勢を張って睨《にら》みつける。ヴィンセントはそこで言葉を止めると、ニヤリと口角を上げた。

「放しなさいよ！」

「嫌だね。お前はいつもブラッドリーから逃げているな。俺は入学式で会ったあの日から、お前を見張っていた。なんだか気になってな。でも、どうしてかはわからなかった。だがあの日……池の側にいるお前を見たんだ。エリーは水を嫌悪していただろう。確か……昔溺《おぼ》れて水が嫌いになったのだと聞いたことがある。でもお前は一度だけ、俺の前で水に入っていったことがあったんだ。あの日のお前がエリーと重なった。そこで初めてエリーかもしれないと考えたよ。そう思って見てみると、仕草や言葉遣いがエリーに重なったんだ。だから何度か学園でお前を捕まえようとしたんだがな、そのたびにブラッドリーに邪魔されて、なかなか話す機会が得られなかった。どうしてやろうか……と頭を悩ませていたあの日、お前が自ら俺の前にやってきたんだ。エリーと再び出会え、前世の記憶を持っていると知り、本当に嬉しかった」

柔らかい笑みを浮かべる彼に茫然《ぼうぜん》となる。

——王妃の私が池の中へ入った……？

(そうだわ。私がアルジーの婚約者になってすぐ、当時、王妃だった彼のお母様から試験をされたのよ)

王族のマナーや仕来《しきた》りを抜き打ちでテストされ、夜会では難度の高いダンスを踊るよう命令された。

突然、お茶会を開かされセンスを見定められたり、ありとあらゆる分野の教養を試されたのだ。

きっと……たかが下位の侯爵家ごときの私が王妃になるなんて、大公爵家出身の彼女は許せなかったのだろう。

私が王妃にふさわしくない理由を見つけるために、毎日毎日嫌というほど絡んできたのよね。

でも私はそれを全て完璧にこなしてみせた。

誰も文句がつけようないほどに。

それがさらに癪《しゃく》に障《さわ》ったのだろう。最後の試験だと王妃に呼び出されて向かったのは、城の庭にあった大きな池。

池の真ん中には、王妃の証《あかし》であるティアラが箱に入れられプカプカ水面に浮いていた。

その箱を指さして、あれを取ってこいと彼女は命令したの。

きっと彼女は私が水が苦手だと聞いていたのだろう。湖、池、海、そういったところに一切近づかないほどに、嫌っている、と。

彼女は私が自分の手でティアラを取れなければ、王太子妃とは認めないと、はっきり口にした。

確か、その場にアルジーもいた気がする。

私には最大の試練だった。でもここで引けば、王妃になる夢は叶わなくなってしまう。

これさえ乗り越えられれば、アルジーの妃《きさき》と認められ、この煩《わずら》わしい試験からも解放される。

逆に拒否したら、現王妃が認めないという理由で、アルジーがあっさり別の令嬢へ乗り替えるだろうと想像できた。

だって私たちの間には、何もなかったのだ。

恋情も友情も……

なにせ、初めて彼と話したのは婚約者候補に選ばれる前日だ。

私は震える手と足を必死に抑え、水辺へ近づく。

揺れる水面には、真っ青な私の顔が映し出されていた。

恐怖が全身を包み込み、息苦しくなる。

それでも私は、どうしてもベンにもう一度会いたかった。

なんとしても王妃にならなければ……ここまでのし上がってきた意味がなくなってしまう。

ベンは王妃となった私に会いにくると、そう言ったのだから。

目を閉じ息を吸い込むと、溺《おぼ》れた日のことが鮮明に蘇《よみがえ》る。

池の水はそれほど冷たくないにもかかわらず、体は激しく震え、恐怖があふれ出てきた。

まだ踝《くるぶし》ほどしか水に浸《つ》かっていないのに足がすくむ。その場で立ち止まると、視界がグラグラと大きく揺れた。

倒れないよう必死に足へ力を入れる。次第に呼吸が激しくなり、視界が歪《ゆが》む。

そんな中、ふとベンの姿が池の向こうに映し出される。

こんなところにいるはずがない、幻だとわかっていても、向こう側に彼がいると思えば……ゆっくりとだが足が動くようになった。

そのままベンを求めて水の中を進んでいくと、ようやく指先が箱に触れる。

箱を手繰《たぐ》り寄せ抱きしめた瞬間、緊張の糸が切れ、私はそのまま水の中へ沈んだ。泡が辺り一面を覆《おお》い、強い力に引き寄せられる。気がつくと目の前にアルジーの姿があったのだ。

「あのころの俺はまだお前が水嫌いだと、知らなかったからな。なんでこんな試験をしているんだ？　ぐらいにしか思っていなかった……。だが怯《おび》えた姿を見て気がついたんだ。お前の血の気の引いた表情に、すぐ止めようとしたんだが、母上がそれを許さなかった。だから俺は見守ることしかできなかったんだ。そしてお前はやり遂《と》げた。箱を手にした時のエリーの姿は今でも覚えている。余裕のある笑みを浮かべてるのに、手が震えていた。恐怖を抑え込み何者にも屈しないその瞳、弱みを見せまいと必死になる姿を見て、お前を選んで良かったと実感したんだ。まぁその後、足を滑らせて池に沈んでいったのには焦ったけどな」

ヴィンセントはそっと私の首筋へ唇を落とす。痺《しび》れるような感覚が全身を駆け抜けた。

「ちょっと、やぁっ、こっ、コラッ、待って、待ちなさい！」

「ならさっさと良い答えを聞かせてくれ。俺の屋敷へ来てくれるだろう？」

問いかけに言葉を詰まらせると、彼は力を強めながら、ドレスをどんどん脱がしていく。

シュミーズが露《あら》わになり、彼の角ばった熱い手が肌に触れた。その刺激にゾクゾクと体が震える。

(このままじゃまずい。彼は本気だわ)

「エリーの弱いところはここだよな」

ニヤリと口角を上げてヴィンセントが胸もとへ顔を寄せる。ビクッと私の体が大きく跳ねた。

彼をキッと睨《にら》みつけてみるが……かまわず指先は肌をなぞるように下へ下へと移動していく。

なんとも言えない痺《しび》れを感じ、視界が涙で滲《にじ》んだ。私は震える唇を開く。

「わっ、わかったわ、わかったから……もう許して……」

そう力なく言葉を落とし顔を背《そむ》けると、彼はクスクスと笑い私から体を離した。

そして慣れた手つきでドレスの紐《ひも》を戻す。私は彼を思いっきり突き飛ばし体を起こした。そのまま逃げるようにシーツの上を這《は》い、急いでベッドから飛び下りる。

(どうしてこんなことに……)

深いため息と共に頭を抱えると、彼は私の横をすり抜けベッドから立ち上がった。

「言質《げんち》はとった。約束だ、日曜日サラの家へ迎えに行く」

迎えっ⁉

(そっ、それは困るわ！)

「あっ、ちょっと、それは遠慮しておくわ。えーとそうね、学園で待ち合わせしましょう！」

「なぜだ？」

「平民地区に貴族の馬車が来ると目立つのよ。それですでに痛い目にあってるんだから……」

そう弱々しく言葉にすると、彼はグイッと私の顎《あご》を持ち上げ、無理やり視線を合わせた。

「それはブラッドリーか？　お前はあいつから逃げるくせに、朝は仲良く登校しているようだな」

静かに放たれた言葉に、なぜか体が小さく震える。私は黒光りする彼の青い瞳に囚《とら》われた。

「あれは……えっ……その……っっ、えーとっ……」

気まずい空気にたじろいでいるうちに、気がつけば目と鼻の先まで彼の顔が近づいている。

全身が緊張でこわばった。

ヴィンセントの威圧は、以前王だったころそのものだ。

「なら当然俺も、エリーを迎えに行かないとな」

人を従わせることに慣れた言葉に思わず頷《うなず》くと、彼はサッと私から離れていく。雰囲気を和《やわ》らげ優しい笑みを浮かべた。

アルジーではない、ヴィンセントに戻っている。

（はぁ……一体なんなのよ……。今の彼は王じゃないわ。それなのにこの迫力、私が弱くなってしまったのかしらね……）

「そろそろ会場へ戻ろうか」

彼はさりげなく私の手を取ると、そのまま扉へ向かった。

色々と複雑な想いを抱え私は会場に戻る。

ヴィンセントとこのまま一緒だと目立つので途中で別れ、会場の隅に移動した。

記憶を一気に取り戻したためか……頭がクラクラする。

すれ違ったメイドが突然、私に声をかけてきた。彼女は真っ赤な液体の入ったワイングラスを差し出す。

思わず受け取ると、メイドは静かに下がっていった。

ゆらゆらと揺れる水面を、私は茫然《ぼうぜん》と眺める。ふと焼けるような熱さと苦しみが蘇《よみがえ》った。

（これは……ワインじゃないわ……）

さすがに未成年に、アルコールは提供しないだろう。

それに毒なんて入っているはずもない。

私みたいな平民をわざわざ殺す必要はない。

そっと香りを吸い込むと、甘酸《あまず》っぱい果実の匂いで苦い記憶が薄れていく。

そうしてグラスをゆっくりと傾け口へ運ぼうとした瞬間……バタバタと走ってくる音が耳に届いた。

手を止め、そちらへ顔を向けると、ブラッドリーが焦った様子で駆けてくる。

「飲むな、ダメだ‼」

(何、なんなのよ⁉)

彼の様子に私はあ然となった。ブラッドリーはグラスを素早く奪い取り、今にも泣きそうな表情で私を抱きしめる。

恐る恐る彼の体へ手を伸ばしてみると、小刻みに震えていた。

その弱った姿はいつもの彼からは想像できない……まるで別人みたいだ。

「お願いです、死なないで……。もう……僕の前から消えないでください……。今度は……絶対にあなたの手を離さない……だから……ッッ」

(どういうこと……?)

私は咄嗟《とっさ》に彼の腕を取り、そのまま会場の外へ引っ張っていく。

(今の言葉……ブラッドリー様も私のことを——いえ王妃だった私を知っているというの?)

彼の口調や雰囲気が、いつもと違う。

ブラッドリーは私の前で一度も自分を、僕と言ったことがない。

私は人気《ひとけ》がない場所までやってくると、ブラッドリーの手を強く握りしめたまま慎重に振り返った。

彼はじっと黙り込んで地面を見つめている。

「あなたは……誰なの？」

「僕は……僕は……ッッ……いや、俺は……うん、ここはどこだ？」

俯《うつむ》き怯《おび》えていたブラッドリーは、突然驚いた表情で顔を上げると、いつもと同じ様子に戻った。

先ほどの気弱さはなく、力強い真っ赤な瞳は私の知る彼だ。

（あら、気のせい……いえいえ、そんなはずないわ）

「先ほどのことを覚えていないの？」

「うん？　俺は……君をずっと探して……それで……ッッ。あれ……俺はどうしてグラスなんて持っているんだ？」

とぼけているのか……探るように彼を観察してみるが、本当に覚えていない様子だ。

でもさっきの言葉は、間違いなく前世の私が赤ワインを飲んで死んだことを知っている。

雰囲気も変わっていたし、もしかしたら彼も過去の記憶があるの？

「そのグラスは、あなたが私から取り上げたのよ。ねぇ、本当に覚えていないの？」

そう詰め寄ってみるが、彼は困った様子で眉を顰《ひそ》めた。

「俺がグラスを……なぜだ？　うーむ、全く記憶にないな。いやそれよりもだ、サラ、今までどこへ行ってたんだ！　突然いなくなるから探したぞ！」

ブラッドリーは眉を吊り上げると、グラスを置いて私を強く引き寄せる。

「あっ、あぁ……ごめんなさい。ちょっと……知り合いがいて……ね」

「知り合い……誰だ？」

「あっ、……それは……」

（ヴィンセント様と正直に言えば……ややこしいことになりそうよね）

どう答えるべきかグルグルと考えていると、ガサッと足音がした。

「僕だよ、悪いね。今度、彼女を僕の家に招待するんだ。その打ち合わせに少し連れ出した」

振り返った先では、ヴィンセントがニコニコと笑みを浮かべてこちらへ手を振っている。

（なっ、どうしてここに⁉）

そして、なぜこのタイミングなのか⁉

「ヴィンセント殿……？」

「やぁ、久しぶりだね、ブラッドリー殿。無断で君のパートナーを連れ出してすまなかった。だが今までさんざん彼女につく悪い虫を振り払っていた君だ。彼女を連れ出す許可はくれないでしょう。だから黙って連れ出させてもらいました。……サラ、さっき聞き忘れたことがあって、追いかけてきたんだ。君の家の場所をまだ聞いていないよね。迎えに行くから教えてくれるかな？」

（なっ、なっ、なんで、どうしてここで言うのよ⁉　貴族なら、従者でも使えばすぐわかることでしょう⁉）

何やら不穏《ふおん》な空気が漂《ただよ》い始める。ブラッドリーは不機嫌な表情で、私の顔をじっと覗き込んだ。燃えるような真っ赤な瞳に、私の姿が映し出される。

「サラ、これはどういうことだ？　ヴィンセント殿と知り合いなのか？　……本当に彼と会っていたのか？」

「えっ、いえ……その、これは……ッッ」

責め立てるみたいな彼の勢いに、私は目を泳がせて言葉に詰まる。

ヴィンセントとは、知り合いというほどの関係ではない。

けれど彼の記憶……アルジーとは前世で嫌というほど関わってきた。

(それを正直に話せないわよね……。あぁもう……どうしようかしら。って、なんなのよ、この空気は……ッッ。どうして私がこんなことで悩まなければいけないの！　これも全てヴィンセント様のせい……)

怒りが込み上げ、私は咄嗟《とっさ》にブラッドリーの腕から抜け出すと、ヴィンセントへ顔を向けた。

彼は気にした様子もなく、キラキラとした笑みを私に向ける。

気まずい空気の元凶であるこの男が、悠々とした態度でいることが信じられない！

なのに、ニコニコと私の隣へやってくると、紙とペンを差し出す。あからさまに嫌な顔で彼を睨《にら》みつけてみるが、ヴィンセントに引く気配はない。

(面倒なことになってしまったわね……)

とりあえずここは従って、さっさとこの場から消えてもらいましょう。

「わっ、……わかったわよ。教えるからさっさと会場へ戻りなさいよ」

私は観念して肩を大きく落とすと、露骨に深いため息をついた。差し出されたペンと紙を受け取り、紙の上にペンを走らせていく。

(そうだわ、偽の住所を……ダメね、街の人に迷惑をかけるわけにはいかないわ)

「そんな不貞腐《ふてくさ》れた顔をしないでほしいな。綺麗な顔が台なしですよ」

そんな歯の浮く台詞《せりふ》なんていらない。にもかかわらず、ヴィンセントはブラッドリーから引きはがすように私の肩を強く掴む。

「もう……何がしたいのよ……」

そう小声で呟《つぶや》くと、私は家の住所を記した紙を彼の胸に押しつけた。

「ははっ、ありがとう。戻る前にもう一つだけ。サラ、会場ではダンスが始まったよ。良かったら僕と踊ってくれませんか?」

突然の誘いに目が点になり、頭上に疑問がいくつも浮かび上がる。

(ダンスですって……なんなのよ、突然? 前世で嫌というほど踊ったでしょ?)

それに今の私は平民。

力を持った昔の私とならば踊る意味はあるけれど、平民と仲がいいと貴族たちに見せつけても、なんの得にもならない。

(むしろ……私に害が及ぶわね)

「……なんのつもりか知らないけれど、私は平民。ダンスなんて知らないわ」

そう突っぱねると、ヴィンセントはニッコリと笑みを深めた。

「そんな些細《ささい》なこと、気にしないで。踊れないのなら僕がフォローするからさ……ね」

（フォローするですって⁉　前世の私のダンスの腕前を知ってて挑発しているの⁉　あなたのお母様に何度、試されたと思っているのよ！　毎度毎度大変だったのよ！）

それこそ、難度の高いダンスからマイナーなダンス、時には地方の民族が踊るダンスまでお題に出された。

試すようなその言い草に苛立《いらだ》ち、私は彼をキッと睨《にら》みつける。そこで突然、体が後ろに引っ張られた。

「ちょっと、なっ、何⁉」

ヒールが土に沈みバランスが崩れる。倒れる前にブラッドリーの腕が私を支えた。

「ダメだ、彼女は俺のパートナーだ。俺が踊る」

ブラッドリーは後ろから私の体を抱きかかえると、威嚇《いかく》するみたいにヴィンセントを睨《にら》みつける。

「それなら、君の後で構わないよ。今回は、君のパートナーだしね」

私の頭上で睨《にら》み合いが始まる。

バチバチと火花が散る、そんな空気が耐えられず、私は手を伸ばして二人の視線を遮《さえぎ》った。

「ちょっと、ちょっとあなたたち待ちなさいよ‼　私は踊らないと言っているのよ⁉」

そう声を荒らげたのに、二人は聞こえていないのだろうか、無言のまま反応はない。

（ダメね、さっさとこの場を逃げましょう）

私はブラッドリーから必死に逃《のが》れようと身をよじり、思いっきり彼の胸を突き飛ばした。

「踊らないわよ！」

「俺が踊る、行こう」

「ちょ、ちょっと、私の話を聞いていないの!? 踊らないって、きゃっ、あぁもう!!」

彼は私の腕を掴み、有無を言わさず会場の中へ引っ張り始めた。

手を振り払おうともがいてみても、男の力に叶うはずもなく……全く効果はない。

そのまま連れ戻された会場内では、艶《あで》やかな音楽が流れていた。

会場に入ってすぐ足を止めたブラッドリーは、拗《す》ねた様子でこちらへ顔を向ける。その姿に私の胸がキュンッと高鳴った。

「サラは俺の……パートナーだ……」

(これはまさか、もしかしてやいているの……)

カッと体の中の熱が高まっていく。

(あぁもう、ブラッドリー様は貴族なのに、どうしてそんな素直に感情を出すのよ)

思わず視線を逸《そ》らしたものの、握られた手から彼の熱が伝わってくる。

なんだかむず痒《がゆ》く、胸の高鳴りが激しくなる。私は心を落ち着かせようと、目を閉じ大きく息を吸い込んだ。

流れる軽快な音楽が、頭の中に響く。

そっと目を開け、貴族たちが軽やかにステップを踏む姿を眺めた。王妃だった自分の姿が重なる。

会場の中央に真っ赤なドレスを着たエリーの姿が――

（この曲……前世でも踊ったわ。短くて、比較的簡単な曲ね）

心地良い音楽に耳を傾ける私を連れて、ブラッドリーは会場の中央へ進み出る。

（今まで前世の自分を知られれば、彼に嫌われてしまうと思っていたけれど……）

王妃だった私は、それほど残忍で冷酷な人間ではなかった。

それなら……

そっとブラッドリーの姿を求めるように顔を上げる。チクッと胸に針が刺さった。

彼は本当に私を好きなのだろうか。

今までベンのことを忘れていたため、ブラッドリーを信じかけていたけど……

もしかしたらブラッドリーの表情、行動、全てが、ベンと同じように嘘なのかもしれない。

（誰かのために……私を利用しようと……？）

『私は君を、これっぽっちも好きではなかった。君は利用価値のあるただの駒にすぎない』

ベンの冷めた声が頭を過《よぎ》り、疑心暗鬼に陥《おちい》っていく。

先ほどの反応……彼も前世の記憶を持っているのかもしれない。

（あの赤いジュースを見て、私を救おうとしてくれた。だけどそれは、どうして？）

いくら考えてみても、平民である私の利用価値は小さい。

優秀な者が必要ならば、貴族の中で選べば良いのだ。私と同じレベルの人間はたくさんいる。

（わかっているわ、わかってる！）

なぜこんなことばかり考えるのか。

私はただ、この膨らむ気持ちを、想いを認めたくなかった。

もし一歩踏み出して、またあの時のように裏切られたら……、きっと立ち直れないだろう。

あんな悲しい思いは、もうしたくない。

人を信じるのは恐ろしい。

愛することが怖い。

とはいえ、ベンを好きになって、エリーのちっぽけな生活が変わったのは事実。

恋を知って世界が輝いた。

その代償が、受け止められないほどに辛《つら》いものだったとしても、だ。

一つ救われたのは、最後の最後で彼のために死ねたこと。

けれど、ブラッドリーは殺し屋ではない。彼のために死ぬ事態は起こらないのだ。

つまり私は、彼に裏切られても苦しい思いを抱えたまま、生きていかなければいけない。

不安で胸が押しつぶされ、嘔吐感《おうとかん》が込み上げてくる。

――今、握られている手は力強く、そして温かい。

ふいに彼は私を連れたまま会場の中央で立ち止まった。

彼の体に添うように腕を回すと、奏でられていた音が止まる。

辺りにいた戸惑う貴族たちの姿が目に映った。

演奏者の傍《そば》には、私に絡んできた令嬢たちがいる。彼女たちは嘲笑《ちょうしょう》を浮かべ、演奏者に何かを耳打ちしていた。

また音が流れ始める。

その曲も私の知るものだ。

先ほどよりも明らかにテンポが速い。

（これ、難度の高いダンス曲じゃない。こんなダンス、平民に踊れるわけがないわ）

貴族の中でも、完璧に踊れる者は少ないはずよ。

（あの貴族令嬢たちは、私をブラッドリーと躍らせたくないのね）

彼の肩越しに彼女たちを見ると、こちらへチラチラと視線を向け笑っている。

（ふ～ん）

普通なら大恥をかくところなんでしょうけれど、私は違うわ。

これからどうするべきなのか答えは出ていないものの、ブラッドリーに恥をかかせるわけにはいかない。

前世で王妃となった私に、踊れない曲なんてなかった。

「どうしたんだ、急にっ。これは……。ひとまず下がろう。簡単な曲に変更してもらう」

「大丈夫よ、せっかく踊るのだから楽しみましょう」

焦った表情になる彼に、私はニッコリ笑みを深める。そして堂々とステップを刻んだ。

音楽に合わせ、体を動かす。

（聞いたこともないダンス曲ならアウトだったでしょうけれど……）

私は彼の腕に体を寄せた。真っ赤な瞳に私の姿が映し出される。

ブラッドリーが私の動きに合わせるように慌てて腰へ手を回す。

逞《たくま》しい腕に胸が騒ぐ。信じられないと言わんばかりに目を見開いた令嬢たちの姿が視界を掠《かす》めた。

余計な感情に気を取られている場合ではないわ。

(ここは戦場。この私に喧嘩を売るなんて、馬鹿な令嬢ね)

音楽を聴き、難しいステップを軽々とこなしていく。

ブラッドリーの真っ赤な瞳には、私以外誰の姿も映っていない。

そのことに喜びを感じる。

抑え込んでいた熱い気持ちが込み上げ、彼の腕に寄り添った。

チラリと視界の端に映る先ほどの令嬢たち。

ほくそ笑み見せつけるように、私はブラッドリーの胸に顔を寄せた。

そうして曲は終盤になる。穏やかな曲調へ変わると、私は彼の腕に体を預けた。

「サラはダンスも踊れるんだな……正直驚いた。この曲は難しい」

「ふふっ、当然じゃない。あなたに恥をかかせるわけにはいかないもの」

ニッコリ笑みを浮かべる。軽く爪先《つまさき》で跳ねながらターンを決めた。

ブラッドリーの腕の中へ戻り、太い首筋へ腕を回す。

「サラは本当になんでもできるんだな。ところで……ヴィンセント殿とはどこで知り合ったんだ?」

突然口にされた名に思わずステップを踏み間違えた。ブラッドリーがすかさず腰を支えてくれる。

危《あや》うく彼の足を踏みかけヒヤッとした。再度音楽に耳を傾け、正しいステップを慎重に刻んでいく。

「大丈夫か？」

「えぇ……、ありがとう。えーと、ヴィンセント様とは……少し前に生徒会室で出会ったの。誤って入ってしまってね。そこで少し話をしただけよ」

なぜか早口になってしまう。私は赤い瞳から逃げるように視線を落とした。

「ふーん……。それだけにしてはずいぶん仲が良さそうに見えた。なぁサラ、さっきの話……本当にヴィンセント殿の屋敷へ行くのか？」

「えぇまぁ、これにはね、色々複雑な事情が。……何か目的があるらしいのよ。でもさっぱり見当がつかないわ」

私は深いため息をつきつつブラッドリーの腕の中で背を仰け反《の》《ぞ》らせる。視界にヴィンセントの姿がチラッと映った。

(あの男は何を企《たくら》んでるのかしら)

今世の私は、王妃になどなるつもりはない。

もちろん貴族にだってなりたくない。

ヴィンセントに視線を向けると、回された腕に力が入る。その流れに合わせて体を起こした。

「わかった。いつ行くんだ？」

「今度の休みよ、それが何か？」

そう淡々と返すと、ブラッドリーは悲しそうに眉を下げた。

腰を抱く腕に力が入り、行ってほしくないのだと、彼の目が訴えかけている。

その姿に胸が痛み、私は慌てて口を開いた。

「えっ、あの……私とヴィンセント様との間には何もないのよ。その……彼が何を考えているのかわからないけれど、何か用事があるだけなの。だからそんな顔しないで……」

ブラッドリーの赤い瞳は静かに揺れていた。

彼は唇を軽く噛むと、ゆっくりと顔を近づけてくる。

徐々に大きくなるその瞳に見惚《みと》れてしまう。

会場へ流れる音楽は、残り一小節となっていた。

まだ彼と踊っていたい。

私は求めるみたいに彼の首に腕を回す。

伴奏の音が小さくなっていき、唇が触れそうになるほど彼の顔が近づいてくる。

このまま……

そう彼を受け入れようとした刹那《せつな》、流れていた音楽が止まった。

結婚していない男女が同じパートナーとダンスを踊れるのは、一晩に一曲だけ。

それが貴族の間で決まっているルール。昔も今も変わっていない。

私は目を閉じると、ゆっくりと彼の熱から遠ざかった。

（……もう色々と考えるのはやめにしましょう）

彼がベンと同じで私を利用したいのか、それとも本当に私を愛しているのか。そんなこと、もうどうだっていい。

ブラッドリーを愛しいと想う気持ちのほうが大きい。

彼を知っても気持ちは変わらない、そう言っていたのに……

なぜか彼の隣は、居心地がいいの。

傍《そば》にいたい、彼の色々な表情を見てみたい。

(……もうダメね。これ以上抗《あらが》っても無駄だわ)

それよりも彼とちゃんと向き合って、一歩踏み出すのよ。

そう心に言い聞かせ、私は背筋を伸ばし会場を見回した。ゆっくりと淑女の礼を取る。

そっと会場から下がると、遅れてパチパチパチと拍手が起こった。

ブラッドリーは複雑な表情で私をじっと見つめている。

名残惜《なごりお》しい気持ちのまま、彼と共に会場の隅に移動した。そこにヴィンセントが現れる。

(忘れていたわ。この男とも踊らないといけないのだったわね)

彼はそっと私の手を取り、ブラッドリーから引きはがすみたいに腕に力を込めた。

その様子に思わず苦笑いが浮かぶ。周りの令嬢たちから悲鳴に近い声が上がり、鋭い視線が突き刺さる。

(うぅッツ視線が痛い)

ヴィンセントは有無《うむ》を言わさずガッシリと腕を掴んで離さない。

（この周りの反応を見ても踊るのね）

自然とため息が漏れているのに、会場の中央へ引っ張られた。彼の肩越しにブラッドリーの姿が目に映る。

その瞳は悲しく揺れていた。

ズキッと胸が痛み、私は顔を背《そむ》ける。

（ヴィンセント様に私の正直な気持ちを伝えて、先ほどの招待は断りましょう）

それでブラッドリーにこの気持ちを伝えるの。

そう決心すると、私は真っすぐヴィンセントに視線を合わせる。

正直不安だ。

信じるのも、裏切られるのも、もう嫌。

できることなら、貴族にだって戻りたくないわ。

でも、自分に嘘はつけない。だって、私はもう貴族じゃないから。

ブラッドリーの悲しむ姿を見ると、私も悲しくなる。

ブラッドリーの笑う表情を見ると、私も嬉しくなる。

彼は私を好きだと言い、私をちゃんと見てくれていた。

もし彼の態度が偽物なのだとしても――

裏切られてもいい。

利用されてもいい。

彼が必要とさえしてくれるのなら……きっとまた立ち上がれる。

私はそっとこちらを見つめるブラッドリーへ顔を向けた。

すると彼はサッと視線を逸《そ》らし、会場を離れる。

「彼が気になるの？」

「えぇ、そうよ。だから……ッッ」

「珍しく素直なんだね。でも彼には公爵家の令嬢との縁談話が持ち上がっているみたいだよ。……確か今度の休日に、顔合わせがあるはずだ」

その言葉に思考が停止し、私の足が止まった。ヴィンセントが私の腰へ手を回し、無理やり歩かせる。

公爵家の令嬢と縁談話、それはとても名誉なことだ。

貴族は横の繋がりも大切。

大公爵家と公爵家が繋がれば、貴族社会では大きな意味を持つだろう。

平民である今の私にはなんの力もない。

(私は彼のために何ができるの？)

貴族に戻りたくないとずっと考えていたので、私に貴族とのコネクションなんてものはない。

フラフラと、おぼつかない足取りで前に進む。私の体を支えるヴィンセントの腕に力が入った。

(そうよ、いつかこうなることはわかっていたじゃない)

ブラッドリーは大公爵家の出身で周りからの評判も良く、今まで婚約者がいないことが不思議だった。

逃げ続けていたのは私。

彼の気持ちを真っすぐに受け止められなかった。

気持ちを認めることが怖くて、疑い続けて……

そんな私が、今さら自分の気持ちを認めても、もう遅かったのね。

膨らんだ気持ちが、ズキズキと激しく痛み始める。

ブラッドリーの傍《そば》に立つ令嬢の姿を想像すると、目の前が闇に染まった。

感情がコントロールできない。

そんな私を連れて会場の中央へやってくると、ヴィンセントは立ち止まった。向かい合い私の体へ手を添える。

令嬢たちの悲鳴が微《かす》かに耳に届く。

「彼はもう、君を追ってはこられないだろう」

そうボソリッと囁《ささや》かれた言葉に胸が締めつけられ、私は悄然《しょうぜん》と頭を垂れた。

新たな音楽が流れ始める。

気持ちは沈んでいくのに、聞こえてくるのは、よくアルジーと踊っていた明るい曲だった。難度は先ほどの曲よりも高く、踊れる貴族は少数だ。

案の定、集まっていた貴族たちは慌てて会場の隅に下がる。私は真っすぐヴィンセントを見上げた。

「懐かしいだろう。お前が好きだった曲だ」

「……好きだったわけじゃないわ。まだ王妃になる前、嫌がらせでこの曲をかけられたのよ。その時、大恥をかいた。王妃になってこの曲を完璧に踊ってみせることで、あの令嬢を完膚《かんぷ》なきまでに打ちのめしたかっただけ。それよりも口調が戻っているわよ。あなたはアルジーではなく、ヴィンセント様でしょ」

苦しみをごまかして強がる。彼は失礼と静かに頷《うなず》き、そのまま目を閉じた。

伴奏が会場中に響き渡る。私が一歩足を前に動かすと、彼も合わせるように一歩下がる。

そのままステップを刻んでいくと、周りの雑音が消えていった。

「さすが元王妃だね。ステップも完璧だ。また君とこうやって踊れることを嬉しく思うよ」

「そうね、でもあまり目立つ行動は控えてほしいわ。忘れているのかもしれないけれど、私は平民なのよ」

そう冷たく返してやると、ヴィンセントはなぜか楽しそうに笑う。

「平民だとしても、サラは負けないだろう。ははっ、君は貴族令嬢相手に、脅しをかけたそうじゃないか。普通の平民にはできない。もしそれで令嬢たちが君を陥《おとしい》れようと権力を使ってきたら、どうするつもりだったんだい？」

（うぅ、どうして知っているのよ）

そういえば、私を見張っていたと言っていたわね……

私は表情を歪《ゆが》め、テンポが速くなる音楽に合わせ大きく腕を開いた。

「どうするも何も、あんな小者にそんな度胸があると思わなかっただけ。ああいう輩《やから》は、はっきり見せつけないと、すぐに調子にのるでしょう。……さすがに昔の私みたいに計算高い貴族には、あんな態度とらないわ。素直に謝っていたでしょうね」

そう淡々と返すと、彼は満足げに頷《うなず》いた。

意味のわからない頷《うなず》きを怪訝《けげん》に思う。けれど、彼は何か企《たくら》むようにニッコリと笑みを深める。

「屋敷にね、君に会わせたい人がいるんだ」

(会わせたい人？　誰かしら？　気になるわね。でも、屋敷へは……。ここはきちんと伝えておかないと)

たとえ彼に婚約者ができるのだとしても……

「あの……その話なんだけれど――」

「今さら断るなんて許さないよ」

私の言葉を遮《さえぎ》り、ヴィンセントは笑みを消す。

彼の視線をグッと耐え、私は真っすぐにブルーの瞳を見つめ返した。

ピリピリとした空気が流れる中、私たちは流れるようにステップを踏み続ける。

「……さっき言えなかったことがあるの。私はブラッドリーが好き。だから……」

そうはっきり言葉を紡ぐと、ヴィンセントがグィッと私の腰を強く引き寄せる。

「でも彼にはもうすぐ婚約者ができる。さっきも言っただろう？　彼が君を追いかけることはもうない。サラがどれだけ好きでも、もうその気持ちに彼は応えられないんだよ」

告げられた言葉に、また激しく胸が痛み始めた。

ヴィンセントが再び優しげな笑みを浮かべて私を見下ろす。

「そんな顔しないで。可愛い顔が台なしだよ。ほら、笑って」

「笑えないわよ……」

すると彼はニヤリと口角を上げ、私の腰をさらに引き寄せた。

突然、ヴィンセントの瞳が目と鼻の先に近づき、令嬢たちが悲鳴を上げる。

「ちょっと、ちっ、近いわよ……ッ」

「いつもと同じだろう。昔もこうやって、鬱陶《うっとう》しい令嬢たちに見せつけていたじゃないか」

熱い息がかかり、彼は意地悪そうな表情になった。その姿にアルジーが重なる。

「違う、私はエリーじゃない！　また戻っているわよ。さっさと離れなさいよ」

言い聞かせるように睨《にら》みつけると、彼はゆっくりと顔を離した。

「ごめんごめん、あんまり可愛い反応をするからつい……ね」

クスクスと笑われ、私はキッと彼を睨《にら》む。けれど優しげな瞳になぜか泣きそうになった。

そんな自分に戸惑いながら、私は無心にステップを刻む。

そうしてようやく曲が終わり、ドッと疲れが押し寄せた。逃げるように会場を飛び出し、そのまま出口に向かう。

（なんだか、色々なことが一気に起こりすぎて、頭の整理が追いつかないわ）

もう一度ヴィンセントに屋敷へ行くことを断ったとしても、あの感じでは、許してもらえないだろう。

それよりも、この場所から逃げ出したかった。

前世の記憶、そして今の想い。

私は、気持ちをようやく認めたのに、告げる前に終わってしまった。

(ドレスは……後で学園で返せば大丈夫よね)

ドレスの裾《すそ》を持ち上げて廊下を駆け抜ける。城の外へ出ると、夜風が頬にかかった。

ダンスで火照《ほて》った体を冷ます夜風に、私はそっと顔を上げる。夜空には、まん丸な月が浮かんでいた。

(綺麗、今日は満月なのね……)

私が死んだ日も月が綺麗だった。

ベンとの甘く苦い、切ない思い出。

味方なんていない、監獄のような屋敷で、ベンから愛をもらった。

それが偽《いつわ》りだったとしても、私は愛を知って救われたの。

その記憶ゆえに、私はブラッドリーへの想いを認められたのだ。

幼かった私は純粋にベンを愛していた。

(あの後、彼は幸せになったのかしら……)

もう会うこともないベンの笑顔が、月に浮かび上がる。妹と幸せになった彼の姿に思いを馳《は》せた。

どれくらいそうしていたのだろう、火照《ほて》った体は冷たくなり、肌寒さを感じる。

私はそっと前を向くと、ゆっくりと歩き始めた。

それにしてもヴィンセントは誰と会わせるつもりなのだろう。

（まぁ、こんなところで考えてもわからないわよね）

芝生《しばふ》を踏みしめて平民地区へ続く門を潜《くぐ》ろうとした時、後ろから足音がした。

振り返ったそこには、走ってきたのだろうか――肩で息をしているブラッドリーの姿がある。

「待て、サラ。帰るのか？　それなら送っていく」

「いいわ、あなたのような大貴族が早々に帰るなんて外聞が悪いでしょ。平民の私のことは誰も気にしていない。……ドレスは後日返すから安心して。帰り道もわかるし大丈夫。今日は連れてきてくれてありがとう」

深く頭を下げると、彼は傍《そば》に駆け寄ってくる。

彼の荒い息遣いと虫の音がやけに耳についた。

「……サラ、一つ聞きたい。君はどうして、そんなに貴族社会に詳しいんだ？　城でのマナーも完璧すぎるほど洗練されている。ダンスだってそうだ。あんな難度の高いダンスを踊れる貴族は少ない。それに屋敷のメイドや執事が話してた。世話をされ慣れていると……。城の道も、君はここまで迷わずに進んできた。入り組んだ道ではないが、初めて城に来たとは思えない。……もしかして君はヴィンセント殿とずっと関係があったのか？」

（ヴィンセント様……どうしてここで彼の名前が出てくるのよ）

私はおもむろに視線を上げる。彼は苦しそうに顔を歪《ゆが》めていた。

その表情に胸の奥がザワザワと騒ぎ出す。

「いえ、彼は関係ないわ。本当よ。えーと、そうね……。あなたに恥をかかせないように勉強してきただけ。それだけよ……」

そうごまかすと、彼は真剣な眼差《まなざ》しで私を見つめた。燃えるような真っ赤な瞳から目を逸《そ》らせない。

「サラ。俺は、俺はサラが好きだ。この気持ちに偽《いつわ》りはない。だから……」

言葉を続けようとする彼に私はニッコリと笑みを向ける。離れるように一歩後退《あとずさ》った。

好きだ。その言葉に胸から熱い想いが込み上げてくる。

(私も好きだと応えれば、ブラッドリー様はどうするのかしら)

きっと私を婚約者にしてくれる。

でもそれは、彼のためにならない。

仮に彼が私を利用したいと考えていてもだ。公爵家の令嬢と私とでは、比べるまでもない。

公爵家との縁談を蹴ってまで私と婚約するなんて、誰も祝福してくれないわ。

(わかっているわ。だからこの気持ちは伝えない)

だって私には何もないもの。

好きという気持ちだけでつっぱしり、私は一度失敗している。感情任せに行動して、彼の未来を壊すわけにはいかない。

だから、始まる前に自分の手で終わらせましょう。

そう強く言い聞かせ、私は大きく息を吸い込んで背筋を伸ばした。ゆっくりと口を開く。

「ブラッドリー様。あなたのことを知ったうえで、はっきりと申し上げます。私はやはり婚約者にはなれません。私は平民で、あなたは貴族です。だからあなたの役には立てない。……良い縁談があるのでしょ。あなたの家にも、これからのためにも、きっとそのご令嬢がふさわしい相手だわ。お幸せに……」

私は震える頬を無理やり持ち上げ、もう一度ニッコリと笑った。

そのまま平民地区へ続く門を潜《くぐ》り頬に流れる水滴を拭《ぬぐ》いながら、夜道を一人駆け抜ける。

芽吹いた想いを捨て去るように、振り返ることなく必死に走り続けた。

閑話二

王妃候補が出そろったあの日、俺、アルジャーノンの前にあの女が現れた。

王妃になりたい、と強く望む女。

令嬢らしからぬ強い瞳を持った女だ。

夜会で見たことはあったが、正直あの日まで名前すら知らなかった。

彼女——エレノアは俺に言った。

王妃になりたいが、愛はいらないと。

俺もあのころは同じ気持ちだった。

こんなあらかじめ決められた結婚で、愛など生まれるはずがない。俺の両親もそうだったしな。

そして、王妃候補はもう一人いた。

爵位は彼女よりも高く、いつも俺にすり寄ってきた女だ。こうなる前に、何度か抱いたこともある。

だからだろうか……彼女は自分が選ばれないはずがない、と自信満々だった。

だが俺にとってはただの遊び。俺に媚《こ》び、好きだと口にする女は面倒だ。

あの女は俺のどこか好きなんだ？　王族だからか？

本当に馬鹿らしい。

彼女たち二人と話した後、俺は唯一信用できる側近兼友人であるドミニクに相談してみる。彼とエレノアは同じ学園に通っていた。

日ごろ人を褒めない理屈屋の彼がエレノアを素直に評価したことで、俺は彼女を王妃に決めたんだ。

そうして俺は一度しか話をしたことがない女と婚約する。

彼女が宣言した通り、婚約生活は楽だった。

エレノアは俺が誰と会っていようが、何をしていようが気にすることは全くない。

必要以上に俺に近づくこともなければ、宝石やドレスをねだることもなかった。

一方で、夜会や式典などでは、次期王妃としての仕事を完璧にこなしてくれる。

俺にとって、まさしく理想の女だ。

婚約期間を無事に終え、俺は王に即位が決まるのと同時に、彼女と婚姻を交わす。

そしてしばらくすると、何やら街で揉《も》め事が起こったんだ。

それは小さな事件で、俺は気にも留めていなかった……しかし今思えば、あれがきっかけだったのだろう。

王の即位の手続きや、貴族の定例会議、そんなくだらない作業に追われ……気がついた時には、平民と貴族の間に、大きな溝が出来上がっていた。

街にピリピリとした不穏《ふおん》な空気が流れ、俺は頭を抱える。

悠々とした生活を送るはずだったのに、どうしてこんな面倒なことが起こるのだ……

父上の代では平和だったはずなのに。

貴族たちからなんとかしろと、うるさく催促される毎日。

そんな時、今まで俺に近づかなかったエレノアがやってきた。

「アルジャーノン王、平民と貴族のいざこざには、他国が関わっているようですわよ」

そう言って分厚い書類を俺の机に並べると、一つ一つ丁寧に説明していった。

その言葉はわかりやすく的確で、側近のドミニクが褒めていた理由がわかる。

それにしても……貴族たちがこぞって情報収集に走り回って失敗に終わる中、この女はどうやってこれほどの情報を集めたんだ？

疑問を感じて彼女の話を聞くと、驚きの事実が判明した。

「——今は私の店で打てるだけの手は打っておりますが、それでもじきにおさえられなくなるでしょう」

「はぁ!? 今、なんて……ッッ、お前……自分の店を持っているのか？」

とんでもない言葉に、俺は衝撃を受ける。

王妃が自ら店を持っているなんて聞いたことがない。

俺の母親もそうだが……大抵の妃《きさき》は政事《まつりごと》に興味がなく、働くことなど考えたこともないものだ。

毎日夜会やお茶会を開催し、流行を追いかけ、着飾り優越感を満たす。

それが王妃というものだと、俺は考えていた。

「あら……ご存じなかったのですね。ドミニク様が側近を務めていらっしゃるので、てっきり……。あぁいえ、事業は婚姻前に始めたものですの。王都で有名な百貨店、ご存じでしょうか。それは私が発案したものです。表向きはあなたの側近のドミニク様がオーナーですが、実際に動かしているのは私ですわ。下位の侯爵家出身の私が王妃にのし上がるためには、資金が必要でしたの。……家はあてになりませんでしたから」

語られた事実に俺は慌ててドミニクへ顔を向ける。感情の読めない笑みを浮かべた彼は、静かに頷《うなず》いた。

俺はすぐに彼の傍《そば》へ寄ると、小声で呟《つぶや》く。

「お前、どうして黙っていたんだ？」

「私の事業でもありますし、こんなお話、王には必要ないと考えていただけですよ」

こいつ……ッッ、そんなはずないだろう。

それは、国へ莫大な利益をもたらした事業だった。

従来、専門店へ行かなければ買えなかった商品を独自の品質管理法で一ヶ所にまとめることで客を集め、この地に人を集めるというものだ。

ドミニクが考え出したものだと思っていたが……

なぜか不機嫌な様子でシレッと話す彼に苛立《いらだ》つものの、俺は怒りを鎮《しず》め彼女へ顔を向ける。

百貨店が王都にできた時、街は活気づき、経済が良い方向へ流れ出した。

「お前のことを侮《あなど》っていたが……本当に優秀なんだな。できればこの仕事も一緒に手伝ってくれないか？」

そう問いかけてみると、エレノアは自信満々な様子で、もちろんですわ、と嬉しそうに笑ったのだ。

それから彼女と過ごす時間が増えた。

彼女は聡明で、俺にない発想を持っている。

正直女性にしておくにはもったいないと何度思ったことか。

日ごろ女が話すことといえば、上《うわ》っ面《つら》だけのことでつまらない。

宝石や服、不満、不服、自分の興味があることばかり、勝手に話し始める。

だがエレノアは違った。

普通の女が興味を持ちそうな、その手の話は一切しない。

政治や情勢……知識をひけらかすのではなく、自らの見解で話す言葉はとても興味深く、楽しめた。

一方、情勢は、ゆっくりと着実に悪化していく。

思いつく限りの対策は打ってみたが、どれも効果は薄い。

よほど優秀な人材が敵国にいるのだろう。いや、気がつくのが遅すぎたというのも大きい。

きっとすでに我が城へ、密偵が入り込んでいるのだ。

城に紛《まぎ》れ込んでいるスパイをあぶりだそうともしたが……全て空振りに終わる。

そんなある日。所用で部屋を出ると、廊下でエレノアとドミニクが何やら親密に話しているのを見かけた。

基本表情を変えないドミニクの穏やかな様子に、思わず身を隠す。

そっと二人の様子を覗いていると、彼女も俺に見せたことのない表情で、ドミニクに接していた。

なんと言えばいいのか……自然な笑みで、肩の力を抜いているみたいな……

その姿に不思議と苛立《いらだ》つ。

こんなことを考えている場合ではない。そうわかっているが……俺は思わず二人から視線を逸《そ》らし、逃げるようにその場を立ち去る。

二人に、俺がエレノアと出会う前――学生時代からの付き合いがあることは知っていた。

俺よりも長い時間一緒にいたんだ、彼女がドミニクに気を許しているのは当然だろう。

俺はまだ彼女と出会って一年ほどだ。

それも今までほとんど顔を見ることもせず、話す機会もさして作らなかった。

二人の姿が頭から離れない。彼女と過ごすと、なぜかモヤモヤとした気持ちが込み上げる。

俺と話す彼女は淡々と仕事をこなしている、そんな感じだ。

いや、仕事の話をしているんだ。当然だが……

なぜか納得できない自分がいる。

この気持ちの正体がなんなのか、それはわからない。

ただ、お前は俺の妻だと、そうはっきりと口にしたかった。

すでに俺のものになっているのに、どうしてかそう主張したくて、たまらなかった。

そんな憂鬱《ゆううつ》な気持ちを晴らすには、適当に女を見繕って抱くのが一番楽な方法だ。

気持ち良くなれば、煩《わずら》わしい思いを全て忘れられる。

今までそうしてきた。

だが今は……そうできない。

答えが見つからない闇の中、気がつけば、俺は彼女のことばかり考えるようになる。

俺にも気を許してくれるのか。

どうすれば、俺にも自然に笑いかけてくれるのか。

そんなことを繰り返し考えてしまう。

今はそれどころではない、そうわかっていても、だ。

胸につかえた何かが、俺にそうさせた。

そしてある日。俺はエレノアと二人っきりで仕事をすることになる。

側近のドミニクは終日、仕事で城にいない。

二人っきりになるのは、最初のころ以来だ。

いつもドミニクが見張りのごとく傍《そば》にいたからな……

妻と二人っきりという状況に意味なく緊張したが、彼女はいつもと変わらぬ様子だった。

その姿に苛立《いらだ》つ。

この気持ちは一体なんなのだろうか。

答えは見つからず、俺は彼女と報告書を手に話し合う。

彼女の報告では、情勢はかなり厳しく、現状、強引に平民を抑えつけていることで、さらにひどくなると……

ふいに彼女の口からドミニクの名前が飛び出した。

反射的に顔を上げると、彼女の表情がいつもより和《やわ》らいでいる。

チリッとした苛《いら》立《だ》ちに体が勝手に動き、気がつけば……俺は彼女の唇を奪っていた。

……今までの口づけとは違う。彼女の熱に触れるだけで、胸の奥から欲情が込み上げてくる。

甘美な刺激を堪能《たんのう》すると、茫然《ぼうぜん》とする彼女を寝室に連れ込み、そのままベッドに押し倒した。

嫌がってはいなかったが、初めてだったのだろう、驚きつつ恥じらう姿に、俺の胸は高鳴る。

愛しい。

そう感じて、俺はようやく彼女を好きなのだと、気がついたんだ。

熱を確かめるみたいに彼女の肌に触れ、何度も何度も彼女の唇に吸いつく。彼女は頬を赤く染め、潤《うる》んだ瞳で俺を見上げる。

それは結婚して初めて見た、彼女の自然な表情だった。

いつもの堅苦しい感じではない……常に余裕な表情の彼女が狼狽《ろうばい》する姿に、体の奥からなんとも言えない熱い感情が込み上げる。

抑えきれない欲情に、深いキスを重ねると、彼女の頬がさらに赤く染まっていく。

そのまま滑《なめ》らかな肌へかぶりつく……もう止まることはできない。

それから俺は彼女と夜を共にするようになった。もう他の女なんて抱く気にはならない。

まさか自分がこんな気持ちになるなんて、考えてもいなかった。

彼女が傍《そば》にいてくれさえすれば、それだけで全ての欲望が満たされたんだ。

一緒のベッドで眠り、朝、彼女の寝顔を眺める。

新鮮で、ポカポカと温かい気持ちになった。

だが、いつも求めるのは俺だけ、彼女は応えてはくれるが……俺を見つめて浮かべる笑みに、違和感を覚える。

嬉しそうな笑みではない。なんと言えばいいのか……

だが、こういったことに慣れていない彼女の照れ隠しだろうと、そう勝手に一人納得していた。

そんな日々の中、仕事を終え欠伸《あくび》をしているところに、ドミニクがやってくる。彼は脈絡もなく、真剣な表情で話し始めた。

「王妃様との仲は順調……のようですね。王も彼女を愛してしまったのですか？」

王も、その言葉にドミニクを睨《にら》みつける。部屋の温度がグッと下がった。

「なんだこんな時間に……、まぁそうだな。あいつのことは気に入っている。俺の妻だからな」

「では友人として一つアドバイスをと思いましてね。彼女に好きだと……自分のお気持ちをはっきり言葉にしたことはございますか？　彼女はとても優秀ですが、恋愛事に関しては呆《あき》れるほどに鈍感ですので」

気持ちを伝えろだと？

そんなものは必要ない。俺と彼女はすでに夫婦だ。

「どうして突然そんなことを言い出すんだ？　あいつとの仲はうまくいっている。お前に指図されるいわれはない」

「これはこれは。余計なお世話だったみたいですね。ですが一度、彼女をちゃんと見てみるとよろしいかと。さすれば私の言った意味がきっとわかると思います。それでは……」

よくわからない忠告に、俺は眉を顰《ひそ》める。ドミニクはそれだけ話すと、部屋を去っていった。

翌日。ドミニクの言葉が頭から離れないまま、俺はエレノアと一緒に朝を迎えた。

どうしてあいつは突然にあんなことを言ったんだ？

意味のわからぬ言葉に苛立《いらだ》つ。彼女を見つめてみるが、いつもと変わらない。

しかし……テキパキと仕事の準備を進める彼女と視線が絡むことは、一度もなかった。

もちろん声をかければこちらを見てくれる。

だがその表情は、昔よりは大分気を許してくれていても……俺を男としては意識していない。そんな様子だ。

いや……まさか。

エレノアと俺は愛しあっている。

抱きしめても嫌がらないし、応えてくれる。

愛しているとかそういった、はっきりとした言葉はなくても……

悶々《もんもん》とした気持ちを抱えて彼女を観察する。けれど、観察すればするほど不安は募《つの》った。

気がつけば俺は、彼女に問いかけていた。

「なぁ……お前は俺といて楽しいか？」

「どうしたのですか、突然？　そうですわねぇ～、楽しいと言いますか、この国を良くしたい同志として、傍《そば》にいると落ち着きますわ。女の私がこうして政《まつりごと》に関わることを許していただけて、とても嬉しく思っておりますの」

「……ッツ、友人か……？　お前は友と体を重ねているのか……？」

「あら、どうされたのですか？　それは表向き夫婦ですし、当然でしょう。子をなすことは王妃としての務めですもの。あなたもそのつもりでしょう？」

彼女は当然といった表情で俺に視線を向け、ニコッと笑みを浮かべた。

その表情に嘘偽《うそいつわ》りはない。

俺は返す言葉を失い、彼女から視線を逸《そ》らした。

そこでようやく、ドミニクの言葉がわかったのだ。

初めての恋情。

俺は自分の感情で一杯一杯で、相手の気持ちなど全く見えていなかった。

ドミニクはこの事実に気づかせるために、あんな忠告を……

くそっ、エレノアの気持ちはわかった。あいつはまだ俺の気持ちに気がついていない。

なら、俺の気持ちを伝えないと……

そう考えるが、改めて気持ちを伝えるとなると、恥ずかしくて……なかなか言い出せない。

好きだと……いつもならすぐに言えるのに。

どうでもいい女に対しては、愛していると、傍《そば》にいてくれと、簡単に口にできたのにな。

それに婚約する前……愛はないほうがいいと言った手前、恥ずかしい。

思春期みたいな気持ちに頭を抱え、俺はずっとエレノア――エリーを目で追うようになった。

好きだと言えば……少しは男として意識してくれるだろうか？

それとも――

晴れぬ想いを抱えて彼女と過ごす。

そしてエリーが、いつも何か探すようにじっと遠くを見つめていることに気づいた。

俺の隣にいるのに、俺を見ていない。

瞳には俺の姿が映り込んでいるが、彼女の心に俺は映っていない。

彼女の心には別の誰かがいるのだと、そう気がつくのに時間はかからなかった。

まさかドミニクか……？

彼女とあいつは学生時代からの仲で共同で商売をするほどだ。信頼関係は築かれているだろう。

最初にその考えに至ったが、どうも違うようだ。

エリーはあいつに気を許しているが態度を見る限り、恋愛感情は抱いていない。

それなら一体誰を想っているのだろうか。

考えれば考えるほど、苛立《いらだ》ちと嫉妬《しっと》で胸の中に大きな黒い渦《うず》が育つ。

なぜ俺を愛してくれないんだ？

誰を想っているんだ？

俺たちは夫婦で、俺はこんなにも彼女を想っているのに……

そう自問自答を繰り返し、深い闇が心に広がる。

コントロールできない強い感情をもてあまして、爪が食い込むほど拳《こぶし》を握りしめた。

もうこれ以上彼女のことを考えたくない……

悩みに悩んだ末、俺は心の中からエリーを追い出すと、全てを忘れて仕事漬けになった。

もっともその努力も虚《むな》しく、心から彼女の存在が消えることはなかったが……

それと同時に、国の情勢はさらに悪化していった。

今は城の騎士が抑えつけているが、もう時間の問題だ。内戦が始まれば、すぐに敵国が攻めてくるだろう。

俺は敵国と戦う準備を始めていた。

それをエリーに報告する。その日から彼女はどこかへ通うようになった。

調べてみると、どうやら研究室へ通っているらしい。

何か新たな手を考えているのか……だが、彼女の姿を真っすぐに見られない俺は、問いかけることもできずに、自分の仕事を進めるだけだ。

彼女の気持ちが自分にない、そうわかっているから仕事以外では話せず、一時良好になっていた関係は、出会ったころに戻る。

ところがしばらくして、珍しく彼女が宝石をねだってきた。

結婚して初めてのことだ。

彼女は宝石やドレス、そういったものを欲しがる女じゃない。

それなのに黒い真珠を手に入れてほしい、そう俺に頼み込んできた。

黒真珠は希少価値が高く、手に入れるのが難しい代物《しろもの》だ。それでも初めての妻の願いに舞い上がった俺は、多少強引に黒真珠を手配し、エリーに渡す。

彼女は嬉しそうに受け取ってくれた。

だがそれは自分自身を飾るためでなく、研究に使われる。

その事実に怒りが込み上げ、俺は彼女に直接抗議した。どんなことに使ったのだという問いには……まだ教えられないと答えられる。

俺に話せないのはなぜだ？

夫である俺を信用していないのか？

顔を合わせれば、抑えられない感情があふれ出す。

苛立《いらだ》ちが募《つの》る。

だから俺はエリーを避けた。

俺は彼女の気持ちを知って以来、ずっと彼女を抱いていない。触れてすらいない。

抱けば……この嫉妬《しっと》全てを彼女にぶつけそうで怖かった。

一方、情勢はますます緊迫してくる。

今にも平民と貴族の間で内戦が起こりそうだ。

敵国の兵士も城壁のすぐ近くまで迫ってきている……たぶん、数週間以内に爆発する。

恋だの愛だのに悩んでいる暇はなく、俺は自分の代で国が侵略されてしまうかもしれない、そんな事実に怯《おび》え始めた。

いつ開戦してもおかしくない状況下。朝早く、エリーが俺の部屋を訪れる。

なんと彼女は貴族と平民の間に壁を作る方法を提案してきた。

「今の状態は、話し合いではどうにもならないわ、武力で抑え込むのにも限界があります。それなら壁を作りましょう」

そうして彼女は黒真珠を使って作った新しい粘土を広げると、小さな壁を作り上げた。

それは今までにない画期的な技術で、通常であれば建設に一年以上かかる広範囲に及ぶ壁を、たった半月で作り上げる。そして俺たちは平民と貴族の街を分断することに成功したんだ。

壁ができたことで貴族の生活が見えなくなり、彼らの横暴にさらされることもなくなった平民の不満は解消されていく。内戦の危機は去り、緊迫した情勢はゆっくりと穏やかになりつつあった。

けれどエリーは、未だ研究室に通っている。

どうもお気に入りの青年がそこにいるようだ。

その事実に俺は研究室へ向かった。

件《くだん》の青年は、彼女よりも年下で、綺麗な顔立ちの女みたいな男だった。

こんな相手にやきもちを焼くなんて、昔の俺なら考えられない。

なのに、エリーとその青年が楽しそうに話す姿に、思うより先に体が動いていた。

そいつから彼女を奪い、見せつけるように彼女の腰へ手を回す。俺は久しぶりに彼女の匂いを感じた。

彼女は驚きながらも顔を真っ赤に染めると、恥ずかしそうに俺を見上げる。

その姿に今まで悩んでいた全てのことがどうでも良くなった。

可愛い、傍《そば》にいたい。ただその想いだけが胸に残る。

それから俺はエリーを避けるのをやめた。

気持ちはまだはっきりと伝えられていないが、彼女は俺の妻だ。傍《そば》にいれば、奪われることはない。

誰を想っていようが、エリーは俺のものだ。

その事実に俺は必死にしがみつく。

そうだ……落ち着いたら、ゆっくり彼女と話をしよう。そして俺の気持ちを伝えよう。

今すぐに俺を好きになるのは無理でも、時間をかければ俺を見てくれるはず。

だって誰よりも一番、あいつの傍《そば》にいるのは俺なんだからな。

そうする一方で、俺は彼女が誰を見ているのか調べてみた。……しかし、どうやってもわからない。

エリーが特定の男と会っていた、そんな情報はない。

唯一例外は、研究室のあの青年だけだ。

だがあの男は違う。あいつが俺よりも後に彼女と出会ったのは間違いない。

そして、仕事以外で彼女と話す機会を増やしたことで、ぎこちなかった仲が再び良好なものに変わっていく。

彼女が他の誰かを見ていても、こうやって共に過ごしていけば、いつかは自分を見てくれる。そう信じていた。

だが、気持ちを伝えるのは怖い。

彼女は真っすぐで、もし俺の気持ちを知れば、傍《そば》にいられないと、離れようとするかもしれないのだ。

俺はこんなに臆病だったのか。

頭を抱えた俺は、なかなか気持ちを伝えられずにいた。

そして、改めて思い知らされたのだ。彼女が俺に好意を抱いていないことを。

エリーが俺に愛人を作ってほしいと願い、女を紹介してきた。

怒りと苛立《いらだ》ち、そして苦しみで、どうにかなりそうだ。

だがこれはいい機会かもしれない。この女と俺の姿を見て、少しは嫉妬《しっと》してくれるんじゃないかと、そんな馬鹿な期待をする。

その結果が……彼女を失うことだとも知らずに。

エリーは俺が愛人と並び立つのを嬉しそうに眺めていた。

その姿に、俺はすぐに後悔する。

だから俺は愛人を捨て、彼女に気持ちを伝えよう、そう決心した。

――なのに、エリーは自室で血を流し、笑みを浮かべたまま倒れていた。

床にガラスを散乱させた割れたグラスを握りしめている。

その姿に絶望と後悔が一気に押し寄せた。

なぜ彼女が死んでいるのか？

俺のせいなのか？

なぜだ、なぜだ、なぜだあああああああああ。

もう話すことも抱くこともできない。

笑った顔を見ることもできない。

好きだと……伝えることもできない。

どうして俺は、彼女に言わなかったんだ？

馬鹿だ、馬鹿だ、俺は本当に愚かな男だ。

伝えていれば、何かが変わったかもしれないのに。

冷たくなった彼女をそっと持ち上げ、冷たい唇へキスを落とすと、いつも彼女が身につけていた髪飾りがなくなっていることに気がついた。

朝日に照らされるとピカピカと光る髪飾りは、王妃である証《あかし》だ。

彼女が王妃になった日、俺の母上から受け取ったものだった。

彼女が髪飾りを外している……即ち王妃の位を返上する。

そう俺に伝えたかったのだろうか……

瞳から涙が流れ頬を伝って彼女の真っ白な頬を濡らす。

一体何が彼女をここまで追い詰めたのか。

俺はその亡骸《なきがら》を強く抱きしめ、何度も瞳を閉じた彼女に囁《ささや》いた。

「好きだ……ッッ、愛しているんだ……。……この世界の誰よりも……傍《そば》にいてくれ、頼むから……」

彼女の返事はない。そうわかっていても、言わずにはいられなかった。

もしこの言葉が届いたら……彼女はなんと言ってくれるのだろうか？

いや……こうなる前に俺に何かできたかもしれない。

あんなどうでもいいことに悩み、友達の振りなどせず、はっきり好きだと伝えていれば、彼女は見せかけの妻ではなくなり、夫である俺に悩みを相談してくれたのではないか。

どれだけ後悔しても、遅い。

俺は冷たいエリーの体を強く強く抱きしめると、愛していると何度も呟《つぶや》いていた。

第三章

まだ日が差し込んでいない真夜中。ふと目覚めた私は、重い瞼《まぶた》を持ち上げた。

虚《うつ》ろな視界の中、怠惰《たいだ》に頭を起こしてみる。窓に、瞼《まぶた》が赤く腫《は》れ頬に涙の痕が残った、なんとも不細工な姿が映し出されていた。

（私……いつの間に眠ってしまったのかしら。ひどい顔ね、こんな顔で学園へ行きたくないわ……）

おもむろに立ち上がり、薄暗い廊下を歩いて水場へ向かう。布を水で濡らして腫《は》れた瞼《まぶた》に押し当てる。ひんやりとしたタオルを感じながら重い体を引きずって自分の部屋に戻ると、そのままドサッとベッドへ倒れ込む。

（……これで良かったのよ）

傷はまだ浅い、もう答えは出た。

前世のように長い時間、彼を想い続ける必要もない。

悩まされることはなく、苦しむ必要もないのだ。

今感じているこの痛みは、時間が経てばきっと消える。

そう何度も何度も自分に言い聞かせていると、視界が霞《かす》み、ポロリと涙がこぼれ落ちた。

（もう涙が枯れるほど泣いたはずなのに……）

そっと目を閉じれば、瞼《まぶた》の裏に真っ赤な瞳が映し出される。

ブラッドリーの悲しそうな……傷ついた表情。

好きだと……そう言った彼の声が頭に響く。

止まらぬ涙の温かさを感じて深く息を吐き出すと、私はもう一度浅い眠りに落ちていった。


翌日。いつものように目覚めた私は家を出て、学園へ通じる門を潜《くぐ》った。

(いつもはここでブラッドリー様の迎えを待っていた……)

一瞬足が止まりそうになる自分に首を横へ振る。そして立ち止まることなく、教室に進んだ。

昨日《さくじつ》、全て終わらせた。

彼はもう私を追いかけては来ない。

(平民と貴族なんて、最初からおかしかったのよ。一緒に登下校したり、昼食を食べたり、さらに夜会へ参加するなんて……)

そのまま早足で教室へ入った私に、ソフィアが心配そうな表情で駆け寄ってきた。

「サラ、おはよう。……今日は随分早いのね」

「おはよう、ソフィア。一人で登校すると早くていいわ」

暗い気持ちに気づかれないよう、ニッコリ笑みを浮かべてみせる。彼女は戸惑った様子で私に聞いた。

「ちょっと、どういうことなの？　昨夜彼と一緒に、お貴族様の夜会へ行ったんでしょう？

ねぇ……一体何があったの？」

ソフィアは私の肩を強く掴むと、強引に立ち止まらせる。

「何もないわ。普通に夜会へ参加して、普通に帰ってきただけよ」

「そんなわけないでしょ……ッッ。そんな顔して無理に笑って……。それにブラッドリー様の姿もない。私に気づかれないとでも思ったの？　まさか……もう噂《うわさ》を……ッッ」

私がソフィアの言葉にハッと顔を向けると、彼女はしまったという気まずげな雰囲気で視線を逸《そ》らす。

「噂《うわさ》って？」

「いえ……ッッ、その……なんでも……」

「おほほほほ～、皆様ごきげんよう。失礼するわ」

その時、教室の入り口から突然甲高《かんだか》い声が響く。扉の前で見覚えのあるご令嬢が、ニッコリと笑みを浮かべていた。

その笑みはひどく冷たく、ゾワゾワと私の背筋に悪寒《おかん》が走る。

他の生徒たちも何かを感じ取ったのか、ザワザワとしていた教室がシーンと静まり返った。室内の温度がグッと下がる。

彼女は間違いなく昨夜、ダンスの音楽を変えて、私を挑発してきた令嬢だ。

令嬢が教室の中を進むと、周りの生徒たちが道をあける。

そして彼女は私の前で立ち止まり、長い髪を軽くかき上げて艶《あで》やかな笑みを浮かべた。

「ごきげんよう。初めまして……サラさんとおっしゃったかしらね。昨日《さくじつ》はどうも……。ふふっ、ダンスお見事だったわ」

彼女の紅《あか》く美しい長い髪には、高そうな髪飾りがいくつも飾られている。

黄金色の瞳に私の姿が映し出された。口元に笑みを浮かべてはいるが……好意的なものではない。

「……大変恐縮でございます」

(装飾品を見る限り……侯爵家、いえそれ以上の家の人ね)

私になんの用かしら。

「あら、今日はしおらしいのね。まぁ、いいわ。あなたにお伝えしたいことがあるの。聞いてくださるかしら？」

「はい……」

私は黄金色の瞳を見つめてそっと頷《うなず》く。すると令嬢は、さらに笑みを深めた。

「ふふっ、サラさん……いいえ、大貴族の令息を手玉にとる身のほど知らずな平民さん。もう噂《うわさ》でお耳に入っているかもしれないけれど、私がブラッド様の婚約者になるの。だから今後一切彼に近づかないで。これは忠告ではなく、命令よ。ブラッド様はもうあなたに飽きて私を選んでくれたのよ。今さらだけれど、平民風情《ふぜい》が貴族に近づくなんて、あってはならないわ。私の言いたいこと、わかるわよね？」

(この方がブラッドリー様の婚約者……ということは、彼女は公爵家のご令嬢ね)

彼を愛称で呼ぶ彼女の言葉に、胸が痛み始める。

改めて眺めると、彼女のよく手入れされた髪と透《す》き通《とお》るような美しい肌は、平民の私とは全く違う。

同じ制服を着ているはずなのに、彼女の服には皺《しわ》一つなく、綺麗に整えられていた。

(立場をわきまえろって？　わかっているわよ)

だから私は――

「……心配は無用ですわ。私とブラッドリー様との間には何もございません。立場はわきまえておりますので……。ご婚約おめでとうございます」

ズキズキとひどくなる胸の痛みに耐えつつ、私は大きく息を吸い込む。必死に笑みを返した。

「ふふっ、賢明な判断ね」

彼女は満足げにそう言って、静かに教室を出ていった。

嵐が去ったことにほっと胸をなでおろす。ソフィアが心配そうに私の顔を覗き込んだ。

「サラ、大丈夫なの？」

「どうして？　平気よ。何度も言っているじゃない、私と彼とでは住む世界が違うのよ。今までがおかしかっただけ」

彼女は納得のいかない様子で押し黙る。

そうして学園中にブラッドリーの婚約話が広がった。同時に、身分もわきまえず貴族に言いより捨てられた愚かな平民だと、私の噂《うわさ》も広がる。

ヴィンセントにも手を出した尻軽な女だと……令嬢たちから失笑を買ったのだ。

（私がいつ手をだしたって言うのよ！）

でも……内情を知らない人たちにそう見えても仕方がない。

もっとも、悪評が広がっているにもかかわらず、直接私へ手を出してくる貴族はいなかった。このまま彼らと関わらない生活をしていけば、きっと噂《うわさ》はすぐに風化するだろう。

そしてこの想いも……

あの日の夜会以来、ブラッドリーが私の前に現れることはない。

朝も休憩時間も放課後も。

私の噂《うわさ》はきっと彼の耳にも入っているはず。

少し前なら、すぐに私を救いに来てくれた。

それすらないのは……本当に婚約が決まってしまったのだ、と私は現実を突きつけられる。

苦しくて、痛くて……自分では制御できない気持ちに、目の前が闇に染まる。

噂《うわさ》を気にしているわけじゃない、助けてほしいわけでもない。

なのにこの苦しみは、彼がもう追いかけてこない現実を受け止められない証拠。

いつかこうなるとわかっていたはずなのに。

平民と貴族……本来であればこれが普通のこと。今までがおかしかったのだ。

（あぁ……でも……ドレスを返さなくてはいけないわ。……まぁ大公爵家なら安いものでしょうけれど、返すと約束したものね）

そうわかっていても、まだ彼と向かい合えるほど気持ちの整理はついていない。

前世の恋は、ただ真っすぐに追いかけて、悲しい最後を迎えた。

二度目の恋は……始まる前に終わらせてしまった。

私は無意識に初めてブラッドリーと共に時間を過ごした中庭へ足を運ぶ。当たり前だが……そこには誰の姿もない。

強い風が吹き、髪が大きくなびく。私は薄《うっす》らと過去の彼と自分の姿を思い描いた。

あのベンチでブラッドリーは爽《さわ》やかな笑みを浮かべ、私は隣でモクモクとパンを口に運んだ。

あのころの私は、まだ自分の気持ちに向き合っていなかった。

必死に抵抗して、否定して、ようやく気がついた、この気持ち。

想いを振り払うようにギュッと瞳を閉じ、ゆっくりと瞼《まぶた》を持ち上げる。そこには無人のベンチがあるだけだった。


数日が過ぎた。

噂《うわさ》は大分収まり、私は平穏な日々を送っている。

入学当初はこんな生活を望んでいたはずなのに、なぜか気持ちは憂鬱《ゆううつ》なまま。

授業が終わり、橙色《だいだいいろ》に染まっていく校舎の中を行く当てもなく茫然《ぼうぜん》と歩いていると、ふと私の名を呼ぶ声が耳に届いた。

（もしかして……）

胸に小さな期待がくすぶる。そっと顔を上げ振り返ると、そこには……鮮やかな橙色《だいだいいろ》に染まったプラチナの髪の、真っ青な瞳で柔らかく笑む男子生徒の姿があった。

「やぁサラ、やっと見つけた。夜会の日以来だね」

「……ご機嫌よう、ヴィンセント様」

私はヴィンセントと距離を取るように後退《あとずさ》り、チラチラと周辺へ視線を向ける。

ようやく噂《うわさ》が収まってきたのに、生徒会長である彼と話している姿を人に見られたら、また変な悪評が立つ。

（はぁ……もう面倒ごとは勘弁してほしいのよ）

ジリジリと逃げる準備をする私を気にすることなく、彼はどんどん近づいてくる。

カバンをギュッと握りしめ地面を蹴ったその刹那《せつな》、ヴィンセントに腕を強く引き寄せられた。そのまま近くにあった教室に連れ込まれる。

「ちょっと、なんなの!?　離しなさいよ!!」

捕まれた腕を振り払おうとするが、彼はそれを簡単に押さえ込んだ。

腕に鈍い痛みが走り顔をしかめる私を、澄んだ青い瞳がじっと見据《みす》える。

「ここならゆっくり話せるかな？」

彼は私を壁の隅へ囲い込み、空いた手でカチャリと扉のカギをかけた。

薄暗い部屋の中、落ち着いた呼吸が耳に届く。私は睨《にら》みつけるように彼を見上げた。

「……離して、あなたと話すことは何もないわ。もう……ッツ、根も葉もない噂《うわさ》が広がって大変なのよ」

「ははっ、ごめん。僕が無理やりダンスに誘ってしまったせいだね。……まさか何かされたのかい？」

私はあからさまに大きなため息をつきつつ、首を横に振る。ヴィンセントはほっと胸をなでおろして笑った。

「そんな顔をしないで。君と僕との仲じゃないか。それにここなら誰の目に触れることもないだろう。サラ、僕の話を聞いてほしいんだ。この間の夜会で約束したことを覚えているかな？」

私は露骨に顔をしかめたものの、渋々頷《うなず》く。

「……屋敷へ来いってことかしら？」

「あぁ、覚えていてくれて良かった。明日君の家へ迎えに行くから待っていて」

「わかっているわよ。でも迎えに来るなら早朝にしてくれる？　目立ちたくないの」

そう投げやりに返事をすると、彼はクスクスと笑った。

「わかったよ。ふふっ、お姫様はとてもご機嫌斜めな様子だね。でも、君の抱え込んでいる想いは、きっと時間が解決してくれるはずだよ。弱みにつけ込むまねはしたくないんだけれど……もし何かあれば、いつでも僕を頼ってほしい。僕はずっと君の味方だからね」

時間が解決してくれる……

彼の言葉に胸がズキッと痛み始める。真っ赤な瞳が脳裏にチラついた。

いつも嬉しそうに、私を追ってきてくれた彼はもういない。

どれだけ逃げても、どこへ隠れても、必ず見つけ出してくれた彼はもういないの。

そう何度も自分に言い聞かせているのに、目頭が熱くなっていく。

(私は平民で……貴族になんて関わりたくない)

高ぶっていく感情を必死に抑え込み、私はヴィンセントを強く睨《にら》みつけた。

「余計な心配だわ。私はただ、あなたの屋敷に行くのが憂鬱《ゆううつ》なだけよ」

「そっか、ならいいんだ。明日楽しみにしているよ。……きっと君も喜んでくれると思うんだ」

(喜ぶってなんなのよ。放っておいてくれるのが何よりも嬉しいことだわ)

込み上げてくる怒りの感情にわなわなと拳《こぶし》を強く握りしめる。けれどヴィンセントは優しげな笑みを浮かべて、ゆっくりと私から離れていく。

私は慌ててドアのカギを開け、振り返ることなく教室から走り去った。


翌日。私は朝早く準備を済ませ、薄暗い町を眺めつつ、一人馬車を待っていた。

夜に冷やされた心地良い風が頬を掠《かす》め、私は周辺をキョロキョロと窺《うかが》う。

人目につくのは最小限にしたい。

誰もいないことにほっと胸をなでおろすと、茜色《あかねいろ》の空を見上げて澄んだ空気を深く吸い込んだ。

(そういえば今日……ブラッドリー様はあのご令嬢と正式に婚約するのね)

ヴィンセントがそう話していた。

それまではただの婚約者候補の一人だったとしても……学園であれだけ噂《うわさ》が広がっているのだ、今さら白紙に戻ることはない。

（大丈夫……大丈夫よ……この苦しみはいつか終わる）

ズキズキとした消えない痛みを耐えているうちに、整備されていない砂利道に大層立派な馬車が現れた。

（わぁお、良かったわ、早朝にしておいて。あんな大きな馬車、目立たないはずがないもの。さっさと乗り込んでここから離れましょう）

私は慌てて馬車に駆け寄って急いで乗り込み、貴族街に向かった。

城を抜け貴族街へ入ると、馬車の揺れが幾分マシになる。そっと窓の外へ視線を向ければ、懐かしい大きな木が目に映った。

今世で初めて見た時には記憶が朧《おぼろ》げではっきりわからなかったけれど、あの木は私がベンと出会った場所。

幼いエリーはあの木へ登り、じっと彼が来るのを待っていたのだわ。

「ねぇ、一つ聞いてもいいかしら？」

「もちろんだよ。なんだい？」

「エリーが死んで、あの人たち――義母たちはどうなったのかしら？」

私は大きな木を見つめながら隣に座るヴィンセントに尋ねる。彼も同じように窓の外に顔を向けた。

「あの人たちか……。エリーが死んですぐ、君の両親は次期王妃として、僕に君の義妹《いもうと》を薦めてきた。だがまぁ言っちゃあ悪いが、彼女は君に及ぶところなんて一つもなく、王妃の器《うつわ》じゃない。だから僕は最初に王妃候補として挙がっていた令嬢と結婚した。そのことが原因かどうかはわからないが、エリーの両親はその後、金を得るため悪事に手を染め、王都から追放された」

今はもうない屋敷の面影《おもかげ》を脳裏に描く私を乗せて、馬車はゆっくりと進んでいく。

「そう……想像通りの結末で笑ってしまうわ。あの人たちは金使いが荒かったもの。私が王妃になったことで、それがさらにひどくなった。娘が王妃だと、その名声でお金を稼いでいた人たちだったから、私が死んで周りが離れていったのでしょう。人に好かれる人たちではなかったし。でもそれなら……どうしてあの木は残っているのかしらね？」

私が立派な木を指さすと、ヴィンセントは指先を追うように窓の外を眺める。

「あぁ、エリーの屋敷にあった立派な木だね。まだあったのか。確か……どこぞの外国の商人が買い取ったはずだけれど、名前までは覚えていないかな」

商人が買い取った……あの木を？

あの木はどこにでもある平凡な木。

(どうしてわざわざあの木を買ったのかしら？)

木が見えなくなってもじっと考えていたが、やがてヴィンセントの屋敷に到着したのだろう、ギギギッと門が開く音がした。

そうして馬車は広い庭園を抜け、彼の屋敷が見えてくる。しばらくして馬車が静かに停止した。

ゆっくりと扉が開き、私は彼にエスコートされて馬車を降りる。

手入れされた芝生《しばふ》にゆっくりと足をつけると、屋敷のメイドたちが一斉にこちらへ頭を下げた。

私も淑女の礼を返す。

執事が笑みを浮かべて私の傍《そば》にやってきた。

「ようこそお出《い》でくださいました、歓迎いたします。私はこのお屋敷の執事長でございます。どうぞお見知りおきを。お嬢様、お荷物をお持ちいたします」

そっと差し出された手に驚く。彼は洗練された動きで荷物を預かると、そのまま屋敷の中へ入っていった。

（どういうことかしら、私を平民だと知らないのかしらね？）

いえ、ここは大公爵家。訪ねてくる相手の身分を知らないなんて、そんなことありえない。

周りのメイドたちへ視線を向けてみたものの、ブラッドリーのところとは違い、彼女たちも私に対してなぜか好意的だ。

（一体どういうこと？）

首を傾《かし》げていると、ヴィンセントがそっと私の手を取った。

そのまま導かれるように庭を進み大きなお屋敷の扉を潜《くぐ》る。

メイドたちがそっと離れていった屋敷の奥では、彼の母親だろうか……線の細い透《す》き通《とお》るような肌の美しい女性がこちらへニッコリと笑みを向けていた。

「ようこそ我が屋敷へ。歓迎いたしますわ。あら～、噂《うわさ》に聞いていたよりもさらに綺麗で可愛らしいお嬢様ですわね。初めまして、ヴィンセントの母、マリアでございます」

「お初にお目にかかります、サラと申します」

私は慌てて淑女の礼をする。

(どっ、どうなってるの、なんで彼の母親が!?)

思わずヴィンセントへ視線を向けてみると、彼はいたずらが成功した子供のように楽しそうに笑っていた。

(ちょっと待って、まさか会わせたいのは彼の母親……?　まさか……本気で私と婚約しようと考えているの……?)

何も聞くことができないまま通された部屋では、テーブルに豪華な食事が並んでいる。

執事がそっと私の手を取り、空いている席に導く。

ヴィンセントがサッと椅子を引き、状況についていけない私は、黙ってそこへ腰かけた。

これは何?

料理が目の前に並べられているということは、今から食事をするってこと?

(えっ、ちょっと何……なんなの?)

どうして彼の母親と食事をすることになっているのか?　何も聞いていない……

考えることが多すぎて、脳の処理が追いつかなかった。

しかし私は客……失礼のないよう、戸惑いをグッと心にとどめる。

ヴィンセントは何も話すことなく、静かに隣に腰かけた。

そんな彼の様子を横目で確認し、平常心を保とうと顔を上げる。私の向かいでは彼の母、マリアが静かに微笑《ほほえ》んでいた。

そのまま食事が始まる。

マリアはニコニコと笑みを浮かべて、なぜか私へ話しかけてくる。

学園のこと、友人のこと、平民の生活……学問、歴史……様々な質問をされた。

意図がわからず、とりあえず当たり障《さわ》りのない程度に答える。すると彼女は安堵《あんど》した様子を見せた。

(何これ……試されているの？)

いやいや……初対面だし、大公爵家の人間が私を試す必要はない。

食事が終わると、私はそのまま別室に案内される。

そこには様々な楽器が並べられていた。棚には楽譜が置かれていて、懐かしい紙の匂いが鼻を掠《かす》める。

(ここは何かしら……？)

貴族なら音楽を嗜《たしな》む者は大勢いる。

それはわかっているのだが、なぜ私をこの部屋へ招き入れるのかがわからないのだ。

茫然《ぼうぜん》と部屋を眺めていると、マリアがやってきて、演奏をしてほしいと頼む。

思わず前世で学んだヴァイオリンを手に取り、私は弓を構えた。

そこでハッと我に返り、ヴァイオリンへ顎《あご》をつけた状態で固まる。

(……ッツ、やってしまったわ)

平民には普通、弾けない。

楽器に触る機会もないし、高級なヴァイオリンを買うお金もない。

（あぁ、失敗したわ、私としたことが……今さら演奏できないとは言いづらいわね）

窺《うかが》うようにマリアへ視線を向けると、彼女は期待を込めた瞳で私をじっと見つめている。

（演奏するしかなさそうね）

諦《あきら》めた私は小さく息を吐き出し、弓で弦を弾く。音を確かめた後、演奏を始めた。

無事に演奏が終わり、次にダンスの練習場だろうか……広い部屋へ案内される。ここでマリアは社交ダンスを踊ってほしいと言い出した。

（なぜここで……？　どうして今……？　やっぱり試されているのかしら……？　でもなんのために？　何が目的なの……？　本当に大公爵家に平民出の婚約者を招き入れようとでもしているの？）

頭痛がしてくる。

なぜこんなことをさせるのか？

そうはっきりと問いただしたいが、大公爵家の者に質問する権利など、平民にはない。

私はなんとか口角を上げて頷《うなず》き、ヴィンセントの手を取った。夜会で踊ったダンスを披露する。

そうしてまた別室に案内された。次は何をさせられるのか……考えるだけで頭痛がひどくなっていく。

連れてこられた部屋は、見る限り、応接室だ。

マリアとヴィンセントは私を部屋へ通すと、なぜか部屋の外に出ていった。

シーンと静まり返った部屋の中、メイドたちが私を見張るように隅に並ぶ。

私は深くソファーへ腰かけると、痛む頭を押さえて大きく息を吐き出した。

次は一体何を——

(そういえば……私に誰かを会わせたい、と言っていたわね。もしかして、今からそのお方がここへ来るのかしら?)

しばらくすると、ガチャリという音と共にゆっくりと扉が開いた。

私は慌てて立ち上がり、背筋をピンッと張って扉の向こうへ視線を向ける。

メイドたちが退室し、ヴィンセントの母親であるマリアがニッコリと笑みを浮かべて入室してきた。そのまま私の前まで来ると、真剣な眼差《まなざ》しでこちらを見つめる。

ヴィンセントと同じ青い瞳に私の姿が映し出されていた。黙って至近距離で見つめられ、私は戸惑いを隠せない。

(ちょ……、なんなの!?)

「……あの、どうかされましたか? 私の顔に何か……」

そう声を絞り出すと、彼女は突然その場に崩れ落ちた。

すすり泣く声が耳に届く。

私は慌ててしゃがみ込んだものの、オロオロするばかりで何もできない。

(ちょっとどうして!? 私は何もしてないわよ……? なんなのよ、情緒不安定なの?)

肩を震わせて泣く彼女の姿に、茫然《ぼうぜん》と立ち尽くす。

あたふたとしているうちに、マリアはポロポロと涙をこぼしつつも顔を上げた。

「あぁ……エリー様、うぅ……ッツ、お懐かしい、もう一度お会いできるなんて、夢のようですッツ」

震える声に私は動きを止め、彼女の瞳を覗き込む。

(今……エリーと言ったわ。まさか……彼女も記憶を持っているの……？)

――そして私を……王妃だと知っている？

恐る恐る震えるマリアの背中へ手を伸ばす。

「失礼かと思いますが……マリア様、あなたも前世の記憶を？」

瞳を覗き込んで聞くと、彼女はコクリと深く頷《うなず》いた。

「はい。私はずっと王妃様にお仕えしておりました……ホリーですわ」

ホリー。

あまりに予想外な出来事に、私は目を見開き、改めてマリアを見つめた。

(嘘でしょ、彼女が……私と同じように記憶を持ったまま生まれ変わったというの？)

信じられない事態にゴクリと唾を呑み込む。驚きと歓喜が湧き上がってきた。

ホリーは私が一番信頼し、傍《そば》に置いていた従者だ。

男爵家の出身で、出会ったのは学生時代。そこからずっと彼女は私に仕えてくれた。

過去の私が、唯一、心から信頼していた女性だ。

「本当に、本当にホリーなの？　私のことはヴィンセント様から？　いつからその記憶を？」

「はい……試すようなことをして申し訳ございません。ヴィンセントから聞いてはいましたが、どうしても自分の目でエリー様だと、確認しておきたかったのです。質問ではぐらかされるかもしれないと考えましたので、食事のマナー、ヴァイオリン、ダンス、仕草や表情……そういったところを拝見させていただいたのです。お姿は違えど、まごうことなき私の知るエリー様そのものの……ううぅッツ」

彼女は流れる涙を拭《ぬぐ》うと、ゆっくりと顔を上げた。

「記憶が戻ったのはヴィンセントを産んでしばらくしてからですの。マリアとして生きていても何度か既視感を覚えることがありましたけれど、気にしておりませんでした。でもある時、息子からアルジャーノン王の生まれ変わりだと聞かされ、その時に私の記憶も蘇《よみがえ》ったのです。これは全て、あなた様に再び出会うための運命であり必然。あぁ、これでようやく報告できますわ。エリー様が最後に私へ託《たく》された任務、しっかりやり遂《と》げました」

マリアは求めるように腕を伸ばし、私の体を包み込んだ。

それに応えて私は震える腕を彼女の背に回し、ギュッと強く抱きしめ返す。

そう、自分勝手で弱い私は、彼女にベンのことを託《たく》していたのだ。

それを知っているのはホリーだけ。

死ぬと決意したあの日、任務の内容を伝えると、彼女は猛反対した。そんな男のためにどうしてエレノアが命を捨てなければいけないのか……そう彼女は言い続けていたわ。

でも、最後は納得してくれたのよ。

（いえ……私が単純に折れなかっただけね）

私は彼女の背を優しくなでながら、そっと口を開いた。

「ホリー、辛《つら》い思いをさせてごめんなさい。そして完遂してくれてありがとう。こんな私に最後まで仕えてくれて、本当に感謝しているわ。あなたがいてくれたからこそ、私は頑張れたの。ねぇ……一つ伺ってもよろしいかしら？」

そう彼女の耳元で囁《ささや》くと、はいと震える声が返ってくる。

「彼は幸せになれた……？」

ホリーだと確認するため、あえて名前は出さずそう尋ねてみる。すると彼女は苦しそうに顔を歪《ゆが》め、唇を噛んだ。

「はい……エリー様の予想通り、彼は報酬を受け取れず、王妃殺しの犯人として貴族に捕らえられそうになりました。ですので、引き渡される前に私が救出いたしましたわ。そして言われた通り彼を妹と安全な場所へ移し、二人は無事に王都を出ました。その後のことはわかりません。二人は二度と王都へ戻らなかったのです。私自身も、エリー様が命を絶ってからすぐに城を出ました。エリー様以外の方にお仕えするつもりはありませんでしたので……。私の主は、エリー様一人ですもの」

彼女の言葉に胸につかえていたトゲが抜け、私はほっと息を吐き出す。

(良かった、彼は妹と一緒に逃げられたのね)

私は深く頭を下げた。

「大変な仕事を任せてしまったわね。私の身勝手な行動で、苦しい思いを……迷惑をかけてしまって本当にごめんなさい」

「そんな……ッッ、お顔を上げてください。私はエリー様と出会えて、お仕えすることができて幸せでした」

慌てるマリアに、どんな時でも私に寄り添ってくれたホリーの姿が重なる。

どれくらいそうしていただろうか……トントンというノックの音に顔を上げると、開いたままの扉の前にヴィンセントがいた。

「サラ、ここへ来て良かったでしょう？」

「えぇ、会わせたい人はホリーだったのね。出会わせてくれてありがとう。でもまさか……ホリーまで過去の記憶を持って生まれ変わっているなんて驚いたわ」

マリアから体を離して、私はヴィンセントへ向き直る。

「ヴィンセント、エリー様に失礼な態度をとるんじゃないわ」

「ホリー、いえ……マリア様、私はエリーではありませんわ。平民のサラ、です。彼の態度よりも、私の態度のほうが失礼ですわね、申し訳ございません」

私は慌てて立ち上がり、裾《すそ》を直して淑女の礼をした。

「エリー様……。いえ、そうでしたわね。サラ様、息子からあなたのお噂《うわさ》は聞いておりますの。何か力になれることがあれば、いつでもおっしゃってください」

「お心遣い感謝いたします。ですが大丈夫です。私は今、十分に幸せですもの」

そうニッコリ笑みを浮かべる私にヴィンセントが近づいてくる。

目の前で立ち止まると、エスコートするように私の手を取った。

「母上、彼女をお借りしてもよろしいですか？」

「えぇ、ですが……サラ様のお気持ちを考えて行動なさいね」

マリアの言葉に彼はわかっているよ、と笑みを浮かべる。そのまま私の手を引き、廊下に誘《いざな》った。

階段を上り通された部屋は、彼の自室だ。本棚がズラリと並び、机には書類が積み上がっている。

過去のアルジーの部屋も同じような感じだったと、懐かしさを感じる。

ヴィンセントが私をソファーへ座らせ、メイドがお茶の用意を始めた。

彼はドサッと向かいのソファーへ深く腰かけると、足を組んでこちらへ視線を向ける。

堂々たるその態度はアルジーを思わせた。

「やはりホリーは全て知っていたんだな。お前が死んで彼女は姿を消した。探してみたが、王都から出たのだろう、見つけられなかった。まぁ……見つけたとしても何も話さなかっただろうがな。母に記憶があるとわかって、改めてエリーについて問いただしてみたが、何も教えてはくれなかったよ。……それにしても、まさか死んでもなお、裏切った男を助けていたなんて……な」

廊下で聞いていたのだろう、彼は力なく笑い、悲しげな色を瞳に浮かべる。

「……そうね。こう改めて思うと、愚かな行為だったのかもしれないわ。でもね、後悔はないの」

私は真っすぐ彼を見つめる。テーブルにお茶の準備がされていく。湯気《ゆげ》がたったカップが並べられると、紅茶の香りが鼻孔を擽《くすぐ》った。

お皿にのったクッキーを並べ、メイドが静かに部屋を出ていく。

そして、ヴィンセントと私が取り残される。

なんとも言えぬ沈黙が部屋を包む中、彼はおもむろに口を開いた。

「エリー、俺と結婚しよう。前も話したが、俺は初めからやり直したいんだ。両親は賛成してくれている。婚約する前にエリーには俺の伝手《つて》で貴族の養子になってもらうが……平民地区へ行くことも、両親に会うことも許してくれる。だから――」

「アルジー……いえ、ヴィンセント様、それはできない。無理なのよ……。私は貴族にならない。それに私はサラよ。エリーじゃないわ」

「違う……ッッ!!　お前はエリーだ。俺がヴィンセントでありながらもアルジャーノンであるように、お前もサラであってエレノアなんだ。今日お前を呼んだのは、ホリーに会わせるためだけじゃない、俺の婚約者にするためだ。……了承してくれるまで、帰さない」

ヴィンセントの言葉に、私は目を見開く。ただならぬ威圧感に小さく腕が震えた。

真っすぐに私を射貫《いぬ》くブルーの瞳から目を逸《そ》らせない。

「なっ……何を言ってるの……？　本気なの？　ねぇ、どうしてそこまで……？」

「夜会でも伝えただろう！　俺はエリーと結婚して、そしてお前を愛した。策略なんてものはない。俺は純粋にエリーが欲しいんだ。今はまだお前の心はあいつに囚《とら》われているかもしれない、だが……それでもいい。俺が必ず忘れさせてやる」

ヴィンセントは立ち上がり、私の隣へ腰かけた。

私は彼から逃げるようにジリジリと後退《あとずさ》る。

「愛しいエリー、怯《おび》える必要はない。お前が嫌がることは絶対にしない。ただ俺を……見てほしいだけなんだ」

彼はそっと私に手を伸ばす。冷たい指先が頬へ触れた。

私を真っすぐに見つめる瞳は……共に過ごしたアルジーのものだ。

「違う、違うのよ。私たちは前世の記憶があっても、別の人間……。あなたがどれだけエリーを求めても、私はエリーとしては生きられないの」

そう声を絞って叫ぶと、青い瞳の奥に暗い闇が浮かぶ。

夜会の時とは違い、彼はひどく傷ついた表情で私の頬を両手で包み込んだ。

「俺の目を見ろ……俺はお前の夫だ」

そのまま顔が近づいてくる。私は抵抗するように、必死で首を横へ振った。

「私はあなたの妻じゃない。……私はブラッドリー様が好きなの。あなたじゃない……ッッ」

なんとか言葉を紡いで訴えかけると、彼の吐息が唇にかかる。

けれど、ヴィンセントはそこで動きを止める。

今にも泣き出しそうな顔が目の前にある。

「わかっている。だがもうあいつには婚約者がいるだろう。お前にはどうすることもできない」

私は想いをグッと抑え込み、青い瞳を真っすぐに見つめ返す。

「それでも私はあなたを選ばないわ。だってあなたは……サラを見ていないじゃない」

「お前はエリーだよ。そして俺はアルジー。この世界の誰よりも愛している」

彼の顔がさらに近づいてくると、私はいっそう身をよじらせた。

「いやっ、離して!!」

パチンッと彼の手を振り払い、そのまま胸を強く押し返す。彼は抵抗することなく体を離すと、力なく頭を垂れた。

「ごめん……。本当は……もっと時間をかけて婚約者になってもらうつもりだった。だがもう時間がない。頼む……俺を選んでくれ」

(時間がない……？　どういう意味かしら……？)

そう呟《つぶや》いた彼の表情はひどく苦しそうで、瞳は悲しみに揺れていた。

「俺は気持ちを伝えられなかったことを、ずっと後悔していた。お前に俺への気持ちがないとわかっていても、伝えれば良かったと……そう何度も何度も後悔したんだ。そして俺は生まれ変わり、エリーに出会えた。これは運命だろう……なぁ？」

エリーはアルジーを愛してはいなかった、けれども良き友人として好いていた。

だからそんな悲しそうな顔を見たくない、させたくはない。

ここで私が頷《うなず》けば、彼の願いは叶えられる。

でも……それは、彼をさらに苦しめることになるわ。

(だって私はブラッドリー様を思い続けるから――)

「――サラ!!」

突然、外から声が聞こえた。私は慌ててソファーから立ち上がり、窓際に走り寄る。無我夢中でカギを開け窓を思いっきり開け放つと、今度は愛しい彼の声がはっきりと耳に届いた。

「サラッ！」

私へ必死に手を伸ばす、ブラッドリーの姿が目に映る。

(うそ……ッッ。どうして……どうしてブラッドリー様がここにいるの⁉　今日彼は、公爵家の令嬢と正式に婚約するはずなのに)

ヴィンセントが「もう来たのか」と呟《つぶや》き、驚きのあまり固まる私を焦った様子で強く抱き寄せた。

「ブラッドリー殿、どうしたのですか？　今日は婚約者となる公爵家のご令嬢とお会いになる日でしょう」

「サラ、聞いてくれ‼　俺はあの令嬢とは婚約しない‼　どうしてもサラが良いんだ。はっきり断られたが、それでも諦《あきら》められない。だから……俺は家を出て平民になる。どうかもう一度チャンスをくれ！」

声が聞こえていないのか勝手に話を進めるブラッドリーに、ヴィンセントは小さく舌打ちをする。

そして、私をギュッと腕の中へ閉じ込めた。

私は衝撃的な展開に情報の処理が追いつかない。

ヴィンセントの胸の中でブラッドリーの言葉を反芻《はんすう》する。

(どういうこと？　令嬢との婚約を蹴って、平民になる……私のために……？)

「サラ、サラ‼　会えなくて、伝えるのが遅くなってすまなかった。父を説得するのに時間がかかったんだ。だが俺は両親がどう言おうが、平民として生きていく！　だからもう一度、俺を見てほしい！」

「おい、何をしている！　さっさとあの不届き者を捕らえろ！」

ヴィンセントが執事と護衛へ命令すると、辺りが騒然となる。

そんな中、彼の言葉の意味をようやく理解した私は、ヴィンセントを突き飛ばし、窓の外に精一杯、手を伸ばした。

「あなた正気なの？　貴族をやめて平民になるなんて、どういうことかわかっている？」

そう力の限り叫ぶと、ブラッドリーはいつもの笑みを見せた。

「あぁ、わかっている。もう一度サラと話すことができるなら、貴族でなくてもいい。こうすれば、俺の気持ちが本気だと、ちゃんと伝わるだろう？」

こんな私をそこまでして、選んでくれたっていうの……？

（誰がどう考えても、平民の私なんかより、公爵家の令嬢のほうが良いに決まっているじゃない！それに貴族から抜ければ、帰る場所がなくなるのよ？　お金もなく、頼る人もなくなって……どうして……ッツ）

「ばっ……、馬鹿じゃないの!?」

「なぁサラ、俺と一緒にここから逃げよう」

私へ手を伸ばす彼の姿に、幸せな気持ちが胸に広がる。

「ヴィンセント様……いえ、アルジー、ごめんなさい」

「待て!!　行くな!!」

そう叫ぶヴィンセントに一度笑みを向けると、私は窓を乗り越え、そのままブラッドリーの腕の中に飛び込んだ。

ブラッドリーは私を抱えたままドシンッと尻もちをつく。

「愛している、サラ」

その甘い言葉に、私は彼の肩へ顔を埋《うず》めた。そして強くしがみつく。

「まだ伝えられていなかったけれど……私も……私もあなたを愛しているわ。今までごめんなさい」

涙で視界が歪《ゆが》む。ゆっくりと体を起こすと、目の前に真っ赤な瞳が見えた。

愛している、やっと伝えられた。

胸が熱い。

彼の顔が近づいてきて、私は受け入れるようにそっと目を閉じる。

彼の手が頬に触れ、吐息を間近で感じていると、こちらへ近づいてくる足音がした。

咄嗟《とっさ》に顔を向けたそこには、嬉しそうなマリアがいる。

彼女は抱き合う私たちにパチパチパチッと手を叩《たた》いた。

「素晴らしいですわ。愛する女性のために平民になる。あぁ、なんてロマンチィックなのかしら～」

マリアのうっとりとした表情に、私はようやく状況を理解して、慌ててブラッドリーから体を離し、熱くなっていく頬を覆《おお》った。

（私はこんなところで何をしているのよ!?　あぁ……もう……ッッ）

頬を隠すように顔を背《そむ》けると、マリアが私の隣へしゃがみ込む。

「ねぇ、サラ様。あなたはブラッドリー様を選ばれるのですか？」

彼女は耳元へ顔を寄せ小さな声で囁《ささや》く。私はコクリッと素直に頷《うなず》いた。

するとマリアはどこか満足げな笑みを浮かべ、ブラッドリーに顔を向ける。

「ごきげんよう、ブラッドリー様。あなたはサラ様を幸せにすることができますか？」

「あぁ、もちろんだ。貴族のように裕福な生活は難しいだろうが、俺には剣の技術がある。だから平民地区で警備兵の仕事をするよ。給料が入って安定するまで待ってもらうことになるだろうが……サラに不自由な思いは絶対にさせない」

「ふふっ、そこまでお考えになられているのですね。安心しましたわ。ではサラ様、あなたはそれでよろしいのでしょうか？」

マリアはニッコリとこちらへ振り返ると、座り込む私にそっと手を差し出した。

「いえ……私は彼を愛しているわ。でも平民になってほしいとは思わない。彼を育てたご両親に迷惑をかけることはしたくないの。だからこの気持ちを伝える時は、私が貴族の養子に入って、彼と婚約しようと考えていたわ。でも……公爵家の婚約を蹴って、平民である私を選んだなんて、貴族は許さないと思う。たとえ今から養子になったとしても、格下の令嬢を選んだとなれば、ただではすまされない」

私は力なくそう話し、マリアの手を強く握りしめる。

すると彼女は強く腕を引っ張って、私の耳元へ顔を寄せた。

「ふふっ、さすがサラ様。よく理解されていますわね。私もブラッドリー様がどうして平民への道を選んだのか存じてますわ。そこでご提案なのですが、サラ様は私の養子になりませんこと？　夫はあなたを引き取ることに賛成しておりますの。夫は前世の知り合いということはなさそうですが、サラ様の優秀な頭脳を存じております。ふふっ、それにサラ様の夜会での振る舞いにとても感心しておりましたのよ。私たちの養子になれば、サラ様は大公爵家の令嬢。それでしたら公爵家の令嬢との縁談を断る理由になります。今も昔もこの国で爵位が重視されることに変わりはありませんもの。誰にも文句は言わせないわ」

（そんな……私が大公爵家に入るなんて）

大公爵が平民を養子にするとは、聞いたことがない。

私は驚きのあまりマリアを凝視する。彼女は笑みを深め、大丈夫だと安心させるように、ギュッと私の手を握りしめた。

（ホリー……）

私がここで誘いを受ければ、ブラッドリーが平民になることを止められる。

なら私は彼のために踏み出さないと――

「マリア様、本当によろしいのですか？　……私は平民ですわよ」

「ええ、もちろんよ。平民だろうと関係ないわ。優秀な者を傍《そば》に置きたいという気持ちは、いつの時代も同じです」

感謝だけでは収まらない感情に胸の奥が熱くなり、涙があふれて頬を伝っていった。

「母上、何を勝手なことを!!」

突然の怒鳴り声に顔を向けると、ヴィンセントがこちらへ駆けてくる。

「あらあら、振られた王子様が何をしに来たの？　サラ様、息子のことは気にしないでくださいね」

「……ッツ、サラ……本当にそいつを選ぶのか？」

ヴィンセントは私へ悲しげな瞳を向けると、苦しそうに顔を歪《ゆが》めた。

こちらへ腕を伸ばす姿に、ブラッドリーが私の体を引き寄せる。

そしてブラッドリーはヴィンセントを強く睨《にら》みつけた。その姿がなぜか……夜会で見た別の彼の姿に重なる。

「彼女は僕を選んだんだ！　今度は僕が……先に彼女を見つけたんだ」

「まさか……お前は……ッツ」

彼の言葉にヴィンセントは目を見開き、茫然《ぼうぜん》とその場に立ち尽くした。

私は二人の姿を交互に見つめる。

「……お前までここにいたのか……。俺と同じ……」

「違います。僕は彼女が……彼女だったからこそ愛していた。だからあなたとは違う」

あの時と同じ……ブラッドリーがまた別人に。

（ちょっと……なんなの、今の言葉はどういう意味かしら……？　いえ、それよりもヴィンセント様は彼が誰かわかったの？）

よくわからない会話に戸惑う私をよそに、二人は不穏《ふおん》な空気を漂《ただよ》わせて睨《にら》み合っている。

私は意を決して二人の視線を遮《さえぎ》るように体を起こすと、ヴィンセントへ顔を向けた。

「あの……ヴィンセント様……ッッ」

そう声をかけると、彼は目を閉じ、胸を大きく揺らして息を吐く。

「君は彼を選んで幸せになれるのかな？」

アルジーではない、ヴィンセントの静かな問いかけに、私は真っすぐに真っ青な瞳を見つめ返した。

「ええ、私は彼が好き。あなたの気持ちに応えられなくてごめんなさい。でも過去には戻れないわ。だから私はブラッドリー様と共に、未来へ歩んでいきたいの。でも……あなたが私を養子にすることを認められないなら、マリア様からの話は受けないわ」

そうはっきり言葉にすると、ヴィンセントはゆっくりと私たちの前までやってくる。そして、小さな声で呟《つぶや》いた。

「わかった。なぁ、一つだけ聞いてもいいか？」

ヴィンセントとは違うアルジーの口調に、私はコクリと頷《うなず》く。すると彼は、寂しそうに笑った。

「ああなる前に……俺がお前に気持ちを伝えていれば、何か変わっていたか？」

私は軽く首を横へ振り、そっと目を伏せる。

「いいえ、変わらなかったわ。エリーはアルジーを……そういったふうに見たことはないの。だからアルジーの気持ちを知っていたとしても、エリーの決意は変わらなかった。……最後まで王妃の役目を果たすことができなくてごめんなさい。そしてこんな私を選んでくれてありがとう。あなたと共に歩んだ道は本当に楽しかった。あなたは私にとって最高のパートナーだったわ」

私は彼の頬へ手を伸ばす。

冷たい頬が指先へ触れると、彼はその手をギュッと握りしめた。

「愛していたんだ。過去の俺ができなかった……だから次こそは、この手でちゃんと幸せにしてやりたかった。だが、それが叶わないのなら、俺は誰よりも傍《そば》でお前の幸せを願うよ」

「……ッツ、私は幸せだったわ」

「あらら～、いいお話だわ～。さぁ、ヴィンセントも納得したようですし、さっそく養子縁組の手続きをしましょう」

マリアがニコニコと笑みを浮かべて私たちの間へ割り込み、私の手を握っていたヴィンセントの手を振り払う。

「お待ちください。私の気持ちだけでは、養子にはなれませんわ。先に両親へ話さないと……」

「心配無用よ。ブラッドリー様が屋敷を逃げ出した情報はすでに入ってきていたの。この屋敷へ向かっていることもね。だからこうなるだろうと予測してね、あなたのご両親を呼んであるのよ」

私が慌てて振り返ると、そこには父と母の姿があった。二人は幸せそうな笑顔でこちらに近づいてくる。

「サラ、君が貴族の養子になったとしても、私が君の父であることに変わりはないんだ。私はサラの幸せをいつでも願っているよ」

「えぇ、私もよ。サラが決めたのなら、それでいいの」

二人の言葉に胸が熱くなる。私はそのまま両親に抱きついた。

前世の自分は親だと思っていた人たちに疎《うと》まれていた。

でも新しい生を受け、親の温かさを知ったのだ。

私が幸せに生きてこられたのは、父と母の愛情のおかげ。

決して裕福ではなかったが、父は私に不自由させないよう、朝から晩まで働いてくれる。

母も優しくそして温かく、見守っていてくれた。

「お母様、お父様……ありがとう。私……今度は道を間違わない……」

きっと二人には通じないだろう。

でもどうしてもそう伝えたかった。

私は縋《すが》るように二人を抱きしめると、生まれて初めて嬉しさで涙がこぼしたのだった。

閑話三

まん丸な月が真上に差しかかる深夜。サラをつれた夜会から戻った俺、ブラッドリーはシーンと静まり返った屋敷の中をズンズン進んでいった。

二階の一番奥の部屋の前で立ち止まり、俺は大きく息を吸い込む。

「父上、父上!!」

ドンドンドンッと強く扉を叩《たた》くと、ガチャリと静かに扉が開く。

「ブラッド……どうしたんだ、こんな夜遅くに……。何かあったのか？」

父は大きな欠伸《あくび》をし、眠そうな目を擦《こす》る。

「父上こそ、一体どういうことだ？　俺に婚約者がいるのか？」

「おぉ……ッツ、お前どこで知ったんだ」

気まずげに視線を逸《そ》らして押し黙る父を、俺は強く睨《にら》みつけた。

「父上……本当なのか？」

「ああ本当だ。当日まで知らせるつもりはなかったんだがなぁ……」

「なぜだッツ。父上は俺の好きにさせてくれると、言ってくれたじゃないか！　現にサラをパートナーにしようと家に呼び寄せた時も、何も言わなかった。それに……兄上は王族と恋愛結婚、弟は自分が好いた公爵家の令嬢と婚約している。もう地位は十分だろう。なのにどうして俺だけ……。政略で婚約なんて、おかしい！」

　怒りに任せて怒鳴ると、父は落ち着けと言って俺の肩を強く掴んだ。

「まぁ、そうなんだがなぁ。私は、息子たちには皆幸せになってほしいと願っている。だからこそ今まで何も言わなかったんだ。だがこればっかりはな、ブラッドには悪いが断れない。それにまだ婚約者ではない。婚約者候補だ。一度会ってくれるだけで構わない」

（婚約者候補だと……？）

　意味のわからぬ言葉に俺は父へ詰め寄る。

「だから落ち着け……先に一つ聞くが、お前は相手が誰なのかを知っているのか？」

　俺は口を閉ざしたまま首を横に振り、父を強く睨《にら》みつけた。

「なら教えておいてやろう……。お前の婚約者候補は王族とも深い繋がりを持つ、公爵家のご令嬢だ。お前と同じ年だから学園でも出会っているはずだ」

（公爵家……それならなぜ断れないんだ）

　王族と深い仲だとしても、我が家のほうが爵位は上、こちらが「ノー」と言えば、向こうはどうすることもできない。

「公爵家なら、断るのは簡単だろう！」

「いや……まぁ、普通ならそうなんだがな……今回の話には王族が絡んでいるんだよ」

　なぜ俺の婚約に、王族が口を出す。意味がわからない。

「兄上は俺の婚約に口を出したりしない。ならなぜ？」

「それはわからん。ただ昨日《さくじつ》王より直接、公爵家の令嬢を息子の嫁にどうかと紹介されたんだ。お前を名指しでなぁ」

「意味がわからない。どうして俺ごときの婚約に王族がしゃしゃり出てくるんだ」

そう強く言い返すと、父は疲れた様子で深く息をついた。

「お前、ヴィンセント殿と同じ学園だろう。彼は私たちと同じ大公爵家だが、王族との繋がりはあちらのほうが強い。……ヴィンセント殿が手を回したんじゃないかと考えている。噂《うわさ》は聞いているよ、お前が連れてきた彼女は学年主席で入学した優秀な平民なのだろう」

「なっ……ッツ、なぜここであいつの話が出てくるんだ」

「それは……お前もわかっているだろう。今晩の夜会で彼女を取り合ったそうじゃないか。まぁ……そういうことだ」

(あいつ……ッツ)

学園で、ヴィンセントがサラに近づいていたのは知っていた。

理由は知らないが、彼を警戒し裏でその行動を妨害していたのは事実だ。

(その仕返しがこれか……)

怒りのあまり拳《こぶし》を固く握りしめると、爪が肌にくい込む。

俺は強く唇を噛み真っすぐに父へ顔を向けた。

「俺は婚約なんてしない。その令嬢と会うつもりもない」

「そう言うだろうと思って隠していたんだがなぁ。そう言わず、とりあえず一度会ってみてくれ」

「嫌だ、俺は絶対に会わないからな！」

そう力一杯怒鳴ると、父は呆《あき》れた様子でポリポリと頭をかいた。

顔合わせをすれば、そのまま婚約まで話が進むのは目に見えている。

俺が婚約したいのは、誰でもないサラだけだ。

「どうしようもないな。だが私の立場もあるんだ、一度顔合わせだけでもしてくれ。そんなに嫌なら、そこではっきり断ればいい。だからとりあえずだな……」

父は扉に向かうと、この家の警備をしている護衛を一人呼び寄せた。

コソコソと何かを話したかと思うと、突然メイドも部屋の中にやってくる。

「ブラッドリー様、おかえりなさいませ。こんなところにおられたのですか、先に着替えを済ませましょう。タキシードは動きづらいでしょう？」

「そうだな、それが良い。話はまた明日だ。今日はゆっくり休め」

父は護衛とメイドを下がらせると、俺も部屋から追い出す。

バタンと扉が閉められ、俺は渋々部屋へ戻って服を着替え、そのままベッドに倒れ込んだ。

静かな部屋に月明かりが差し込んでくる。

そっと目を閉じると、瞼《まぶた》の裏にはサラの美しいドレス姿が浮かび上がった。

（……とても綺麗だった）

愛しているんだ、サラ。

けれどニッコリと笑みを浮かべる彼女の隣にヴィンセントの影が並び、胸の奥からモヤモヤとしたどす黒い思いがこみ上げてくる。

仲良さげな二人の姿に俺はシーツへ拳《こぶし》を落とす。すると彼女の隣からヴィンセントの姿が消えていった。

まさか彼女が、ヴィンセントと出会っているとは思わなかった。

あれだけ会わないよう手を回していたはずなのに、彼女自身が生徒会室へ入り込むなんて……

(二人は、長年一緒にいる友のように仲が良さそうだったな)

気を許しているというか……彼女が素を見せていた。

そう思うと、また胸の奥からなんとも言えない苛立《いらだ》ちが湧いてくる。

彼女は俺を選ばないとはっきり言った。

(ならまさか……ヴィンセント殿を選んだのだろうか……)

「どうして……今度こそ……僕が先に彼女を見つけたはずなのに……」

無意識にこぼれ落ちた言葉にハッと目を開く。そこで俺は飛び起きた。

今のは……なんだ。

(先に見つけた……どうして俺はそんなことを?)

自分が発した言葉に狼狽《ろうばい》する。ズキリッと激しい頭痛に襲われ、俺はそのまま意識を失って再びベッドに沈んでいったのだった。

翌日。いつも通り目覚めた俺は学園へ向かう準備を終えると、カバンを手に取った。

彼女にきっぱり振られてしまったが……まだ諦《あきら》めきれない。

とりあえず婚約の話は違うのだと、伝えよう。

それでも変わらないのかもしれないが、彼女に俺が別の女と婚約すると思われるのは嫌だ。

しつこいのは自分でも、十分に理解している。

でもようやく彼女が俺に気を許してくれるようになって、良い関係を築き始めた矢先だ。

(夜会へもパートナーとして来てくれて……)

俺は部屋の扉へ向かいノブを下ろす。ところが、扉が開かない。

ガチャガチャと何度も押してみるものの、外から何かで押さえられているのだろう、どれだけ強く押しても開かなかった。

(どうしたんだ?)

ドンドンドンと扉を叩《たた》き叫んでみても、なんの反応もない。

(普通ならメイドか執事が駆けつけてくるはずだが……一体どうなっているんだ?)

首を傾《かし》げながら扉を見つめる。すぐにカンッと小さな音が耳に届く。

窓に何か木の実のようなものが投げられているらしい。

俺は扉から離れ窓へ向かった。下に父の姿がある。

「お～い、ブラッド。聞こえるかー？」

「父上、ドアが壊れているようだ。すぐに直してくれ」

窓越しに聞こえるその声に、俺は窓を開け叫び返す。けれど、父は満足げな笑みを浮かべた。

「いや、壊れているわけではない。お前には悪いが……次の休日まで部屋へ監禁させてもらう。学園へ向かわせれば、例の公爵家の令嬢に何か言うつもりだろう？　それはとても困るんだ。婚約しろとは言わない。私のほうでも手を尽くしてみる。だからとりあえず一度会ってみてくれ」

衝撃的な言葉に目が点になる。俺は窓から身を乗り出すと、怒りに任せて叫んだ。

「父上、どういうことだ？　今すぐここから出せ!!」

「悪いなぁ。しばらく我慢してくれ」

父はそれだけ話すと、逃げるようにその場から姿を消した。

苛立《いらだ》ちで窓を強く叩《たた》くと、鈍い音が部屋に響く。

拳《こぶし》に鈍い痛みが走った。

窓の外では複数の男が俺の部屋を見上げて立っている。あらゆる手を使って脱出を試みたが、彼らにことごとく邪魔された。

令嬢と顔合わせの日が刻一刻と迫り、俺は独り頭を抱え項垂《うなだ》れる。

瞼《まぶた》を閉じれば、常にサラの姿が浮かび上がった。

こんな終わり方は絶対に嫌だ。

だが現状、脱出はできない。

チャンスは顔合わせをする当日。

彼女に会うために、俺は家を捨てる。

大丈夫、俺には剣がある。
兄よりも優れていると認められた剣が――
俺は拳《こぶし》を握りしめると、サラの姿を探すように、窓の外へ顔を向ける。
そして、走って向かったヴィンセントの屋敷で、やっとサラを手に入れたのだった。

第四章

ここ数日、私がヴィンセントの家の養子になる手続きや、城への挨拶《あいさつ》、ブラッドリー改め、ブラッドのお屋敷へ謝罪をしたりと、慌ただしい日々が続いていた。

ようやく一息ついたころ、荷物をヴィンセントの屋敷へ運び込む。

(ふぅ、荷物は粗方運び込んでもらったし、後は皆さんにお任せしたほうがいいわね)

メイドや執事たちが慌ただしく動きまわる中、私はヴィンセントの姿を探す。

キョロキョロと辺りを見回していると、階段で彼を見つけた。

「ごきげんよう、ヴィンセント様」

「やぁ、サラ。コラコラッ、ヴィンセント様じゃないだろう、僕のことは兄さんと呼んでくれ。もう僕たちは家族なんだから」

彼の言葉に私は自然と笑みを浮かべる。

「ふふっ、ありがとう、お兄様。ところで一つ聞いておきたかったことがあるの。ずっと気になっていたのだけれど、忙しくてなかなか話す機会がなくて……」

「立ち話もなんだし、部屋へ行こうか」

ヴィンセントは私の手を取ると、自分の部屋に誘《いざな》った。そのまま彼はソファーへ腰かける。私は向かいのソファーへ座ると、真っすぐに彼の瞳を見つめた。

「あのね、ブラッドのことなんだけれど……。あの日彼がここへ来て、別人のようになったでしょ？　その時、お兄様は何かに気がついていたように見えたの。……ねぇ、彼も私たちと同じ時代の記憶を持っているのかしら？」

そう問いただしてみると、彼は考え込む仕草を見せる。

「ふん……どうだろうね。気になるのなら、本人に尋ねてみてはどうだい？」

「尋ねたわ。だけど彼は知らないみたいなの。とぼけているのかとも思ったんだけど、どうもそんな感じじゃなくて……。自分が別人みたいに振る舞うことがあることすら、気がついていないみたいなのよ……」

「それなら構わないじゃないか。気にすることはないよ」

「いいえ、まぁそうなんだけれど……。でも気になるの。彼は私がワインを飲んで、死んだことを知っていたわ。だからきっとお城の関係者だと思う。お願い、何か気がついたのなら教えてくれないかしら？」

お願いします、と頭を下げると、ヴィンセントは大きく息を吐き出し、体をこちらに乗り出した。

「仕方がないね、可愛い妹の頼みは断れない。だが確証はないよ、あの時彼が僕に言った言葉が、あの男に重なっただけだ」

「それでも構わないわ。私には全く見当がつかないもの」

引かない私に、ヴィンセントは呆《あき》れて大きく息を吐き出し、軽く髪をかき上げた。

「僕が思うに、彼はたぶん……エリーが気に入っていた研究室の少年だよ。覚えているだろう？

僕がプレゼントした黒真珠を彼の研究に使わせた。その彼だ。あの研究が終わってからも、君は頻繁に研究室へ通っていたじゃないか」

（えぇッ⁉　まさか……彼がエド、エドワードなの？）

予想だにしていなかった名に、私はゴクリと唾を呑み込む。そして懐かしい青年の姿を頭に思い描いた。

彼は少し人見知りだったけれど、笑うととっても可愛い人だった。

彼の傍《そば》はとても居心地が良くて、死のうと決めた直前も、なんだか無性に会いたくなったのよね。

彼がブラッドリーの中にいるのなら……傍《そば》にいると落ち着くと感じたのもわかる気がする。

エドのことを思い浮かべていると、ヴィンセントのまとう空気が変わり、彼は悲しげな顔で足を組み直した。

「覚えているようだな。今さらだが、俺はあいつに嫉妬《しっと》していた。エリーが自ら会いに行く姿に……俺には仕事以外で会いに来ないのにな、とかさ。だから何度か牽制《けんせい》に行ったんだ。エリーは俺のものだとわからせるために」

「へぇ⁉　そんなことをしていたの？　……私とエドが……ふふっ、ありえないわ」

「はぁ……エリーの鈍さは本当に一級品だな。当時、エドワードはエリーを好きなのだと、周りの連中皆が気がついていたぞ」

「えっ、そうなの⁉」

驚く私の姿に彼は呆《あき》れた視線を向けた。けれどすぐ静かに目を閉じる。

「残念、時間切れだ……」

ふいにバタバタバタと足音が近づいてくる。

それが扉の前で止まると、ドンドンドンと何度も扉が叩《たた》かれた。

「すまない、サラはいるか？」

（あら、ブラッド、いつの間に来たのかしら？）

彼の声にヴィンセントは立ち上がり、扉を開く。

「やぁ、サラならここにいるよ」

「ブラッド、いつの間に来ていたの⁉」

ヴィンセントの肩越しに顔を出すと、彼は引き寄せるように、私の腕を強く引っ張った。

「マリア殿が呼んでいる。行ってくれるか？」

「もちろん、すぐに行くわ」

私は慌てて二人に背を向けると、そのまま階段を駆け下りる。

けれどブラッドが私の後を追おうとした刹那《せつな》、ヴィンセントが強引に彼の肩を掴み引き留めた。

「君は……エドワードだろう？」

ブラッドが訝《いぶか》しげな声を出す。

「誰だそれは？」

「……本当に覚えていないのか……。いや、なんでもないよ」

ヴィンセントはボソボソとひとりごちる。

私が振り返ると、ブラッドは廊下の途中で立ち止まっていた。

「……陛下、お久しぶりです」

「お前……やっぱり……ッッ」

「いいえ、ブラッドリーは覚えておりません。僕はずっと表に出ることなく、彼の内側に潜《ひそ》んでおりました。ですので彼は僕のことを知らない。もちろん記憶も……」

「なぜだ？　お前もエリーを愛していただろう。まさか……サラがエリーだと気がつかなかったのか？」

ブラッドリーは小さく首を横に振った。

「初めて彼女に出会った時、僕は目覚めました。エリー様に出会え、表側に出ようとしたのですが……その時、ブラッドリーがサラに惹《ひ》かれたことはわかりました。そこで目の前にいるのは彼女の記憶を持つ、別の女性だと、気がついたんです。だから僕は表に出るのをやめました。どれだけ彼女に記憶があろうとも、僕の知るエリー様はもうこの世にはいない。時折感情が昂《たか》ぶると、表に顔を出してしまうこともありましたが……それも今日で終わりです。陛下……またお会いできて光栄でした。さようなら」

ヴィンセントは彼の言葉に茫然《ぼうぜん》とし、ブラッドは何事もなかったかのように歩き始める。

その後、私とブラッドが楽しく話しているのを、ヴィンセントは黙って見守っていた。

「……僕は過去に囚《とら》われ過ぎていたようですね」

そうひとりごちた声は、私の耳には聞こえなかった。

† † †

私は無事に大公爵家の養子になると、ブラッドと正式に婚約をした。

ヴィンセントは、あれ以来、私をエリーと呼ばなくなった。サラの義兄として、傍《そば》にいてくれる。

ブラッドは義兄となったヴィンセントにやきもちを焼きっぱなしだが、それは仕方がない。

二人で平民として生きていくよりも、ブラッドは貴族としてこの世界にいるべきなのよ。

だって彼は優秀で、必要としている人がたくさんいるのだから。

それに彼と両親を離れ離れにはさせたくない。

だから、大公爵家の養子に入ってすぐ、私はブラッドと彼のお屋敷へ向かった。

彼の両親は出ていったブラッドが戻ってきたと知り、泣きながら彼を抱きしめたわ。その光景を目にして、平民という選択をしなくて良かったと心から思ったの。

エリーであった私の家と違って、彼らはとても幸せな家族なのだ。

そうそう、私の両親へ挨拶《あいさつ》するため、ブラッドが平民地区にも来たわ。

彼、ガチガチに緊張しちゃって、歩くのに同じほうの手と足が出ていたのには笑ってしまった。

彼は両親との顔合わせで、開口一番にこう言ったの。

「娘さんをください、一生大事にします！」

まだ婚約の段階なのに、あまりに真っすぐなブラッド。

そんな彼に母さんは楽しそうに笑っていた。

だけど父さんは少し寂しそうな表情になって、彼と二人で話したいとそう言ったのだ。


二人は外へ出ると、家から離れるように街を歩き始める。

その時の会話はこんな感じだったらしい。

「――ブラッドリー殿、一つだけ私と約束してくれないかな？」

「なっ、なんでしょうか？」

緊張で体を硬くしたブラッドは、父に真っすぐな視線を向けた。

「私は娘の幸せを切に願っているんだ。君は今も昔も……彼女を想ってくれた人だ。きっと大丈夫だろう。だが念のため……彼女を裏切ることは絶対にしないでくれ。約束できるかな？」

「もちろんです。俺は絶対に彼女を裏切ったりなんてしない。彼女を愛して、信じて、これから先、永遠《とわ》に歩んでいくことをお約束します」

ブラッドリーの力強い言葉に、父は泣きそうな顔で笑うと、よろしく頼むと伝えたそうだ。

しばらくして、父さんとブラッドは戻ってくる。二人は固い握手を交わしていた。

その姿に認めてもらえたと、私は感じる。

今はまだ婚約者でも、いつか彼と結婚して、幸せな家庭を築いていこう。

貴族にはなったものの、このままでは貴族社会では受け入れてもらえない。元平民という肩書は、そう簡単に消せるものではないのだ。

だから周りに認めさせるために、自分の実力を示す必要がある。
(見てなさい、王妃だった私に不可能なんてものはないわ)
ふふっ、目標があれば私はいつでも進むことができる。
だからきっと大丈夫。
明るい未来を夢見て、私は隣に並ぶブラッドの腕を取り、その肩へそっと頭を預けた。

エピローグ

サラが養子になることが決定したあの日。ブラッドリーと抱き合う彼女を離れたところで見守るサラの父親の姿があった。

彼の瞳はどこか寂しく揺れているが、心から二人を祝福しているように見える。

そんな彼の傍《そば》に、マリアは近づいていくと、視界を遮《さえぎ》って立ち止まった。

「ねぇ、あなたは自分の娘に伝えていないのかしら？　謝罪ぐらいは必要なんじゃないの？」

「……一体なんのことかな？」

「とぼけても無駄よ。あなたのことはきっちりと調べてあるわ。平民なのに貴族について詳しく……そしてなぜか裏社会のことも知っているわよね？　でピンッと来たの。私はあなたを憎み、大嫌いだったから……」

サラの父は観念した様子で、大きく息を吐き出し天を仰《あお》いだ。

「まさか……こんなことが……。ははっ、君もこの時代に生まれ直し記憶を持っているとは驚きだね。あの時言えなかったが、私を救ってくれてありがとう。君に嫌われてもしょうがない。だが本当に今さらなんだが……私はずっと後悔していた。だから今度こそ彼女には幸せになってほしい、そう心から願っている。自分にはできなかったことだ。そんな彼女の幸せに、苦い前世の思い出は必要ないだろう？」

「……それもそうね」

マリアは彼に背を向けると、その場を立ち去る。

小さくなっていく彼女の背をしばらく眺め、彼はもう一度、笑みを浮かべつつ幸せそうに笑う娘の姿を目で追う。そして、一生口にしないと決めている過去に思いを馳《は》せた。

† † †

窓から月明かりが差し込み、風になびく木々の影が床の上でゆらゆら揺れていた。雲がゆっくりと流れていく。

満月に厚い雲がかかり、部屋が闇に包まれると、私はゆっくりと足を踏み出す。

シーンと静まり帰る部屋で血を吐いて倒れる彼女の姿を見つめた。

「死んでもなお、美しさは変わらないのか……。君を騙《だま》していてすまなかった。だが……興味がなかったという言葉は嘘だよ。君が成長し、王妃となった姿を私は遠くで見ていた。その姿は輝いていて、私は……君の隣に並ぶ自分の姿を想像したんだ」

ピクリとも動かない彼女へそう語りかけ、共に過ごした彼女の姿を思い返したのだ。

どれくらいそうしていたのだろうか……金色の月がまた顔を出すと、何かが月の光で反射する。

金のティアラが月明かりに照らされ輝く。私は彼女の頭からそれを外して、ここに来た証拠としてポケットに入れた。そのまま暖炉に向かう。

そうして急ぎ足で外へ出ると振り返ることなく街へ走った。

† † †

彼女との出会いは、私が暗殺者になり数年ほど経った日のことだった。

あの日ボスから簡単な仕事だと、暗殺対象である人物の資料を渡されたんだ。

名はエレノア、その年十歳になった少女だった。

依頼主についての資料に目を通してみると、彼女の義母《はは》の名前が記載されている。

母親に殺されるなんて……かわいそうな娘だな。

そんな同情めいた感想を抱いた。

義理だろうと母親に憎まれ育った娘は、どんな子供なんだろうか。

(まぁ……まともには育っていないだろう、卑屈になるか全てを諦《あきら》めているか……)

そんなどうでもいいことを考えながら依頼主の指示通り、人目の少ない大きな木の側へ行くと、
そこに美しい少女が、木の幹にしがみついていた。

(ほう、思っていた感じとは違うな。怯《おび》えてはいるが、必死に困難に立ち向かおうとしている)

だが、さっさと殺してしまおう、そう思いエリーを捕らえると、私はそこで動きを止めた。

強く真っすぐで、人を惹《ひ》きつけるその瞳。この娘には、きっと大物になる素質がある。

ここで殺してしまうのは惜しい……そう思った。

それからエリーに毎日会いに行った。

彼女の殺し方や時期は私に一任されていたし、問題はない。

彼女は優秀で、聡明だった。それに加え強い意志に、真っすぐな心。

私はあることをひらめく。これを利用すれば、もっと金が稼げるだろうと……

幸い最初は警戒していた彼女だが、今は私に好意を抱いている。

だから利用するのは簡単だと判断した。

私はすぐさま計画をボスを通して依頼人へ話す。思っていた以上にあっさり受け入れられた。

もし失敗すれば……すぐにエリーを消せばいいだけの話。

私は彼女から感じる好意を利用して、どんどんその心の中へ踏み込んでいった。

深く深く——

そしてある日。エリーが自分を恋人にしてほしいと言ってきた。

そんな彼女に愛していると嘘をつき、私に依存するように仕向けていったんだ。

彼女はそれまで部屋に閉じ込められ、愛情を知らない。

そこにつけ込む……

そう簡単なことだった……一つ誤算は……私自身も彼女に惹《ひ》かれてしまったことだ。

何も知らず、好きだとなついてくるエリーを最初は心の中で嘲笑《あざわら》っていた。

だが彼女は本当にひたすら真っすぐ、こんな私を疑うことなく、全力で気持ちを伝えてきたんだ。

その姿に次第にほだされ、一緒にいると楽しいと感じるようになる。

そして彼女に女性らしさが出てくると、その姿をずっと眺めていたいとも思い始めた。

だが、この気持ちは邪魔なものだ。

どんな結果であれ、彼女を殺すことに変わりはない。

私の一番は……別にいるのだから。

そう自分に言い聞かせ、私は計画通りエリーに別れを告げる。

いつか殺す相手だ、好意を抱けば殺しづらくなる。

好きだとか嫌いだとか。そんなことよりも、妹のほうが大切だ。

だからこれ以上想いが大きくならぬよう、人を殺したナイフもちらつかせる。

心は痛まなかった。

私になついてくれるエリーは素直に可愛い、愛《いと》おしいと思うが、一番ではない。

私は妹を助けるんだ、その想いで生きていた。


彼女が死んだ日。

私はすぐにボスに会いに行った。彼は笑みを浮かべて私を迎え入れてくれる。

「ほう、無事に戻ったのか、ベン」

彼は私を殺し屋として雇い、そして殺しの技術を教えてくれた裏社会の大物だ。

何年も一緒に仕事をしてきた。信頼関係もできている。

——そう思っていた。

彼は貴族だが、裏で暗殺集団を牛耳《ぎゅうじ》っている。数十年の付き合いで、私を高く評価しよく使ってくれた。

もちろん今までどんな大きな仕事の支払いも渋ったこともなければ、揉《も》めたこともない。

この計画自体も乗り気で、私の好きなようにさせてくれていた。

それに万が一裏切るようなことがあれば……私は彼の悪事を洗いざらい公《おおやけ》にできる。

証拠は握っている、それはボスも気がついているはずだ。

「いや～本当に王妃を殺すとは、ご苦労だった」

ところが、彼がそう話し終えると、突然数人の男たちが部屋に押し入ってきた。

慌ててナイフを取り出し構えるも、その隙に後から入ってきたのだろう別の男に捕らえられる。

「……これはどういうことだ」

「全くお前はとても使える駒だったよ。だが王妃殺しの罪を背負った殺し屋を飼い続けるつもりはない。報酬はいただくがね。率直に言えば、君はもう用なしなんだ」

私を取り押さえた男の一人が、私の体をロープで縛り上げそのままナイフを取り上げる。

隠していた武器も全て奪われ、体を床へ投げ捨てられた。

「ボス……ッツ、ここで私を裏切ってよろしいのですか？　私は……ぐぅ……ッツ」

必死に体を起こそうとすると、背中を思いっきり踏みつけられる。痛みに顔を歪《ゆが》める中、ボスの低い笑い声が耳に届いた。

「くくっ、いやぁ～、儲かった儲かった。あとは君を王妃殺しの犯人だと王宮へ突き出せば、さらに稼げる。いやはや、本当に君は優秀だ。今までありがとう。そうそう、君の妹はこちらで監視をしているからね。逃げるとどうなるかわかるだろう……？　それに重犯罪者となった君が何を言っても信じてもらえるはずがないだろうな。はっはっは」

「……ッッ」

ボスが男たちへ指示を出す。

私は縛られた状態で地下牢へと連れていかれ、そのまま投げ入れられた。

体当たりでガタガタと激しく鉄の檻《おり》を揺らしてみるが、開かない。

（妹が……私はこんなところで終わるわけにはいかない）

そう思っても、腕は固く縛られ武器は全て取り上げられて、どうすることもできなかった。助けを呼ぶ仲間もおらず、その場で崩れ落ちると、金属音が響く。

（どうしてこんなことに……最初から間違っていたのだろうか……）

幼い彼女の気持ちを利用し、殺した私への罰なのかもしれない。

どれほど時間が経ったのだろう……膝をつき手足が冷たくなったころ、ふと足音が聞こえ。

もう引き渡されるのかと絶望して顔を向けると、黒いローブ姿の女が檻《おり》の前に立っている。

「あなたがベンね……」

静かに問いかけられた言葉に思わず頷《うなず》く。女は懐《ふところ》からカギを取り出した。

「それは……ッッ。待て、どうして今さらになって裏切るんだ。妹を……ッッ、ボスを呼んでくれ。

私はまだ……」

「うるさい、黙って。私は彼らの仲間じゃないわ。それに妹さんは無事よ」

女は鋭い視線をこちらへ向ける。その瞳には怒りと憎悪が浮かんでいた。

妹を知っている……なぜ？

この女は一体何者なのか？

彼女の様子からして、私を恨んでいる……そうわかるが、ならなぜカギを……？

私はローブの女を茫然《ぼうぜん》と見つめる。

女が不貞腐《ふてくさ》れた様子でカギ穴を回すと、牢屋の扉がギギギッと開いた。

「……あんたは誰だ？　どうして私を助ける？」

「私はあなたを助けたいと思ってない。だってあなたはあのお方を裏切った。素晴らしいあのお方をね。できることなら今すぐにでも殺したい。でも……あの方がそれを望んでいないの。だから私はここに来たのよ」

（あのお方……まさか……ッツ）

薄暗い地下では、ローブを深く被った女の顔を確認できない。

だがこのタイミングで私を救い出すことができるのは……彼女しかいないだろう。

ふと彼女の言葉が頭を過《よぎ》る。

『一人だけ信頼できる従者に、あなたのことを話しているの。きっと助けになるわ』

（彼女はここまで予測して……？）

私は牢屋から出て、女の背を追い地上へ戻った。

「これで私に託《たく》された最後の任務は終わり。あなたが奪ったティアラは返してもらったわ。あの部屋に戻しておくから、あなたが殺したという証拠はなくなるわね。今すぐ、この王都から消えなさい。二度とこの地へ足を踏み入れないで。次にあなたを見つけたら、必ず殺す。もちろん妹も。私はあのお方の心に居座り続け、放置していたあなたが大嫌い。それでもあなたがあのお方を愛していれば、救われたのに。全てを捨てて、一緒に逃げることだって……考えていたのよ……。だけど……あなたは裏切った！　あぁ……考えれば考えるほど、殺意が湧くわ」

女はそう言い捨てると、懐《ふところ》から出した紙を私に投げつけた。

ヒラヒラと床へ落ちていくその紙を拾い上げ顔を上げる。その時には、女の姿はない。

私はおもむろに紙を開くと、そこにはある場所へ行けと地図が書かれていた。印の近くには小屋のような絵が描かれ、そこに妹という丸で囲まれた文字がある。

（妹……）

私はそのまま裏路地を駆け抜けた。

朝日がゆっくりと顔を出し、辺りが真っ赤に染まる中、地図の小屋へ駆け込む。そこにはベッドから起き上がった妹の姿があった。

「お兄様、おかえりなさい！　見て、病気を治してもらえたのよ！」

妹はクルリと回ってみせると、私に抱きつく。

（どうして……？）

妹はベッドから起き上がれないはずだ。

「一体何が……？」

妹は嬉しそうに笑う。

「昨日お医者様が来られて、私を治してくれたのよ。それでね、この部屋に案内されたの！　お兄様がすぐに来るからって」

そんなことありえるはずがない。

彼女の病気は珍しいものだ。そこいらの町医者に治せるものではない。それに多額の金が必要なはず。

「お金は……どうしたんだい？」

「それがね、私の治療代を寄付してくれた方がいらっしゃるの！　名前は教えていただけなかったけれど……きっとあの綺麗な女の人だわ」

「女の人？」

「ええ、ここ数週間、よく家の近所に来ていたのよ。お話ししたことはないのだけれど、窓から私の姿を見て手を振ってくれたり、笑いかけたりしてくれる優しいお姉様だったの」

「……その人はどんな女性だったのかな？」

「あのね、目を惹《ひ》くほど美しい容姿で、黒い瞳に長くウェーブのかかった黒髪をしたお姉様なの」

黒い瞳に黒い髪。

まさか……

そんな……ありえない。

彼女は私を殺し屋だと知っていた、嘘だ……

私は妹から医者について話を聞くと、そのまま家を飛び出した。

そんなことより早く逃げなければいけないとわかっていても、足が勝手に動く。

診療所へやってくると、勢いのまま押し入った。

「昨日、妹の治療をしてくれたのはあなたか？」

「えぇ……そうですが。こんな朝早くにどうしましたか？」

医者は眠そうに目を擦《こす》り、私は彼に顔を近づける。

「妹の治療費を寄付したのは誰だ。教えてくれないか？」

「申し訳ございませんが、それはお答えできかねます。そのお方との約束ですので」

「なら、その寄付はいつされた？　もしかして……今からちょうど一週間前じゃないか？」

「ええ……そうですが。よくわかりましたね？」

一週間前、彼女が私と会おうと伝えてきた日。

まさか本当に彼女が……

全てわかっていたのだろうか。

あぁ……私はなんて愚かな……

後悔の波が押し寄せるが、もうどうすることもできない。

だって彼女はもうこの世にいないのだ。

目の前が真っ暗になり、気がつけば私は妹の待つ部屋へ戻ってきていた。

何十年ぶりかの涙が頬を伝っている。

妹のためと言って、私は一番大切にしなければいけない人を裏切ったのだ。

こんな私を愛し、そして救ってくれた。

そんな彼女を私は見殺しにした。

一生を台なしにし、幸せを奪った。

どれだけ謝罪しようが……許されることはないだろう。

この罪は一生消えることはない。

あぁ、もう一度やり直せたなら……

妹と三人で幸せな未来が来るだろうか……

私はその場で崩れ落ちると、ただ涙を流し続けた。


それから私は無事に妹と王都を出ると、そのまま隣国に向かった。

暗殺の仕事から足を洗い、小さな店を始める。

最初は資金繰りに苦しく頭を抱える毎日だったが、数年なんとか持ちこたえると軌道に乗った。

そこそこ資産も増え、妹の病気が再発することもなく、穏やかな生活が続く。

(……この生活があるのは彼女のおかげだ)

昨年妹はこの街で結婚し、今は新居で暮らしている。

家には私一人。

あの時の女には、もう二度と王都に足を踏み入れるな、そう言われていたが……どうしても彼女に伝えたい。

私はコッソリ商人の馬車へ紛《まぎ》れ込み、王都に戻る。

お金を詰み貴族街へ入ると、そこは私の知る街とガラリと印象が変わっていた。キョロキョロと辺りを見渡しつつ進む。

そして私は、初めて彼女と会った屋敷の前に立った。

屋敷は長く誰も住んでいないようで、蔦《つた》が壁に伸び、廃墟のごとくボロボロになっている。

(誰も住んでいないのか……)

きっとあの馬鹿な両親は彼女の死後、経済的に苦しみ、悪事にでも手を染めたのだろう。

義娘を殺せと依頼してきた女の顔が頭を過《よぎ》り、笑いがこみ上げてくる。

しばらく屋敷を眺めていると、ふと懐かしい立派な木が目に映った。

初めて彼女を見た木。

昔よりも大きく育ったその木は、荒れ果てた庭の中で寂しそうに揺れている。

「――このお屋敷が気になります？　ここかなりお買い得ですよ！　ねぇ、ねぇ、買いませんか？」

突然の声に振り返ると、ニコニコと人懐っこい笑みを浮かべる若い男が佇《たたず》んでいた。

「……この屋敷は売りに出されているのか？」

「えぇ、もうかれこれ数年、売れ残ってるんですよねぇ～。まぁここに住んでいた貴族は、王都から追放された人たちですから、そんな屋敷誰も買わないんですよ～。正直に話せば、安ければ買い手も見つかるんでしょうが、ここは立地が良くて値段があまり下げられない。だからこっちも困っているんです。最終的にはこちらで取り壊すしかないですかね」

取り壊されれば、屋敷だけではなく……あの木も切られてしまう。

彼女は、あの木がとても好きだった。

あの木の側で私を待つ少女の姿が頭の中にチラつく。

「君、この屋敷はいくらかな？」

「おぉ！　えーとですね、×××です！」

彼が提示した金額は、私には到底払えない金額だ。

（無理だな……だが……）

「この屋敷にある、あの木を買いたいんだが……それならいくらになる」

「あの木ですか？　あれは、どこにでもある普通の木ですよ？」

「わかっている、で、いくらだろうか？」

「う～ん、そうですねぇ～。あれだけなら×××ぐらいですかね」

提示された金額は決して安くはないが、買えない値段ではなかった。

私は男と交渉し、屋敷の木を購入すると、木の側へ近づく。

懐かしい木を見上げると、幼いエリーがこちらへ手を伸ばしている姿が思い出される。

私はその手に応えるように腕を伸ばす。頬には涙が伝っていった。

「エリー、君のおかげで私は今……無事に隣国で暮らしている。妹の病気も再発することなく、昨年結婚したんだ。私は暗殺業から足を洗って、小さな商店を開いたよ。最初はうまくいかなかったが、今は街一番の店になった。全てが順調だ。……私が君を裏切り、殺してしまった……。君は優しいからそんなことを望まないかもしれない。けれど私はずっと君を想い続け、そして一人で死んでいくよ」

私は虫の音が響く荒れた庭に立ち尽くすと、立派に育った木をじっと見上げ続けたのだった。

番外編

運命のその先に

僕、エドワードは男爵家の次男として生まれた。

引っ込み思案で、友達なんていなくて、唯一誇れるのは勉強だけ。一方、兄上は文武両道、人柄も良くて、僕とは正反対だ。

そんな兄と比べられ嫌気がさし、僕はますます惨《みじ》めになる。人と目を合わせて話すのは嫌だから、前髪を伸ばした。

それは成長しても変わらない。兄上の周りはいつもキラキラ輝いて、僕の周りには誰もいない。

特に知らない女性の前だと、緊張して話せないんだ……

だから僕は、パーティーにも参加しなくなった。

それから僕は成長し、唯一の取柄を生かして、王宮の研究者になる。

研究は良い。人と関わらなくてもいいし、自分の世界へ閉じこもっていても叱《しか》られない。

そして、王宮に勤めて数週間が経過したある日。第一王子の婚礼が行われた。

さすがにその式典には僕も参加したけれど……キラキラと眩《まぶ》しい光景は自分の知る世界とはあまりに違っていて、とても苦痛《くつう》だった。

結婚した第一王子はそのまま王として即位し、この街に新たな王が誕生する。

周りは新しい王と王妃の誕生に騒がしくしていたが、僕はやっぱり一人研究室へこもっていた。

皆慌ただしく走り回り、誰も僕なんかの存在に気がつかない。

だから好きなことを研究していた。そうしたら、新たな物質を発見したんだ。

ワクワクが止まらなくて、信じられなかった。

新しいことを究明していくのは楽しい。

周りの騒がしさなんて全て忘れてしまうほどの発見に、僕はますます研究にのめり込んでいった。

新しい物質は変わったもので、土ととても相性が良いようだ。

サラサラの乾いた土に混ぜてみると、ネバネバと粘土みたいになる。

実験を繰り返して、その物質を混ぜた土をある条件下で長時間放置しておくと、固まることにも気がついた。

時間はあっという間に過ぎていき、僕は家に帰ることなく、研究室にひたすらこもり続ける。

何かが掴めそうで掴めない。

なぜ固まるのか……それを確認するにはどうすればいいのか。

そんなことに頭を悩ませていた時、一人の女性が研究室にやってきたんだ。

「ねぇ、何を作っているの？」

突然の声に驚き顔を上げると、そこには見惚《みと》れるほど美しい女性がいた。

よく手入れされた長い黒髪に、魅入《みい》られる澄んだ漆黒《しっこく》の瞳。

彼女は長いローブを身にまとい、艶《あで》やかな笑みを浮かべている。

その姿にしばらく茫然《ぼうぜん》となったものの、名も知らぬその女性が不思議そうに首を傾《かし》げる姿に、僕はハッと我に返った。

「えっ、あっ、その……、えーと、これは……あの……っっ」

従来より人との会話が苦手な僕は、女性を前にするとさらに口ごもってしまう。

うまく言葉が出てこない僕をよそに、女性は並べられた石を手に取り、ジロジロと眺め始めた。

「これは鉱石よね？　これをどうするの？」

彼女は僕にニッコリと笑みを向け鉱石を指さす。

「あっ、そっ、それは……あの……ここで削って……えーと」

「ふふっ、そんなに緊張しないで。ねぇ、ここで研究を眺めていてもいいかしら？」

予想だにしていなかったお願いに狼狽《ろうばい》し、返事が出てこない。彼女はどこからか椅子を持ってくると、僕の前に腰かけた。

「えっ!?　あの……見ていても……おっ、面白いことなんてないですからね……」

そうボソボソと伝えたのに、彼女はなぜか楽しそうに笑った。

それから彼女は毎日研究室へやってきた。

最初は気になって集中できずにいたが、彼女は純粋に僕の研究に興味があるようで静かなので気にならなくなる。

女性にしては珍しい。

普通の令嬢たちは、こういった地味な作業を好まないから。

研究以外取柄のない僕の話はつまらないと、彼女たちが去っていったのは決して古い記憶ではない。

そんな苦い過去を思い出しつつ、僕はコッソリ彼女を見つめた。なぜか胸が小さく高鳴った気がする。

彼女は僕の研究を邪魔しないようにしているのか、本当に見ているだけだ。

その姿を嬉しいと感じる自分がいる。

こんなこと初めてで、どうしていいかわからない。

自分自身に動揺しながらも、僕は必死に研究を進めていった。

最初のころは、ドキドキと激しく波打つ鼓動に僕の手は震えていた。

でもそれも数日経つと収まっていく。

彼女がいる研究室が当たり前になっていき、僕は少しずつだが、会話ができるようになっていた。

彼女の名前はエリー。爵位はわからないけれど……ふと見せる仕草や言葉遣いから、どこかの令嬢だと想像できる。

とはいえ、普段話すのはもっぱら研究のことで、それ以上のことはなかなか尋ねる機会がない。

彼女はとても優秀で、僕の研究について色々と考えてくれる。

そのせいもあって、僕も研究の話ばかりしてしまうんだ。

アドバイスだってしてくれるし。人と話すのが苦手な僕が、彼女と話すのが純粋に楽しいと思い始めた。

生まれてこの方、これほどまでに他人と話をしたことがあっただろうか。

両親や兄弟とですら、これほど会話が続いたことなんてない。

大抵の人は僕の話はつまらないし理解できないと、すぐにどこかへ行ってしまうのだ。

一人だった僕に新たな光を当ててくれた……そんな彼女の存在が、次第に大きくなっていく。

一方で研究のほうは、あと一歩のところまで来ていた。

しかし、この一歩が難しい。

どうすればいいのかはわかっているが、それにはお金が必要だった。

男爵家の次男ごときの僕の力ではどうすることもできない。

誰かに頼らなければならなかったが……彼女以外の人と話をするのは億劫《おっくう》だ。

それに根拠はあるが、必ず成功するとは言い切れない。

研究室の上司に説明しても、取り合ってもらえなかったのだ。

口下手な僕に……頼み事なんて不可能……

僕の研究はそこで行き詰まっていた。

そのことでエリーに愚痴をこぼす。すると、彼女はあの上司とは違い、僕の話をちゃんと理解してくれた。

「そうね、その理屈なら間違いなく完成するわ。でもそれには貴重な黒真珠が必要になるのね」

「エリーならわかってくれると思っていた！　そうなんだよ！　でも黒真珠は高級品だし……、僕のこの研究は、王からの命令でしているわけではないんだ。僕が勝手にこの物質を見つけて、勝手に研究している。上司にも説明してみたんだけれど……取り合ってもらえなかった。当たり前だよね。僕じゃ、うまくやれるはずがない……。人と関わると、どうやってもうまくいかないんだ。……でもエリーが理解してくれたから、もう十分かもしれない。ここで諦《あきら》めようかなと思っているんだ」

そうぼそっと弱音を吐くと、彼女は珍しく眉を寄せて僕を睨《にら》みつけた。

「諦《あきら》める⁉ 何を言っているのよ‼ 答えがわかっているのならなおさらよ。あなたは卑《ひ》下《げ》するばかりで、何もやっていないじゃない。わかっているのにやらないなんて最低よ。上司がダメなら、別の人に頼めばいいの」

「えっ、……でも僕なんかに……できるわけない……」

「そんなの言い訳にならないわ。研究を完成させたくないの？」

彼女は呆《あき》れた様子で大きく息を吐き出した。

「はぁ……もういいわ、あなたがやらないのなら、私がやる」

そう言い残すと、彼女はそのまま部屋を出ていき、その日は戻ってこなかった。

それから彼女は研究室へ来なくなる。

(何かあったのだろうか……？)

心配したところで、僕は彼女のことを何も知らない。

名前以外……本当に何もわからないんだ。いつも会いに来てくれるのは彼女で……

僕は彼女に呆《あき》れられてしまったのだろう。

謝りたい、やり直したいと何度も考えるが……そう伝えたい彼女はどこにもいない。

どうすることもできず、研究に集中できない数週間が過ぎた。

毎日毎日、僕は彼女のことを考える。

（もう彼女に会えないのか……）

一度城を歩き回ってみたけれど……見つけられなかった。そりゃ当たり前だよね。

でも彼女が言った通り、捜さなければ、もう二度と彼女に会えないかもしれない。

それは嫌だ。

だから勇気を出して、研究室に来ていた彼女のことを周りに尋ねてみたんだ。

でも誰も彼女のことを知らなくて……

どうすればもう一度彼女に会えるのか。

（あんな自分勝手なことを言うんじゃなかった）

研究以外、これほどまでに興味を持ったことなんてない。一人のほうが気が楽だと、寂しいと感じたことさえなかったのに……

僕は一人惨《みじ》めに彼女の姿を探し続ける。

誰もいない研究室にいても、彼女の笑みがチラつく。

会いたい、会いたい……もう一度彼女の姿を見たいんだ。

気がつけば僕の心は、彼女で一杯になっていた。

その気持ちに胸が苦しくなって、叫びたくて、泣きだしたくて――
研究は一向に進まないし、どうして僕はこんなダメ人間なのだろうか。
(兄上なら……いや……僕はそうなることを諦《あきら》めたじゃないか……)
どうして彼女がいないだけで、こんなにも苦しいのだろう。
そう自分の心に問いかけてみて、ようやく僕は彼女が好きなのだと気がついた。
「もしかして……僕は……？」
まさか自分が人を好きになるとは。
僕はガックリと肩を落とす。なんだか笑いがこみ上げてきた。
彼女を好きだと気がついたけれど、もう遅い。
彼女はもうここにはいないのだから。
初めて知った恋は、始まる前に終わっていたんだ。
でも彼女は僕の研究を楽しみにしてくれていた。
なら――
そうして僕はもう一度上司のもとへ行くと、必死に説得を試みた。
もっとも、そんな簡単にうまくいくはずがない。
追い返されること数回。ある日、上司が僕を呼びつけた。
もしかしてようやく僕の研究を……、そう考え慌てて上司のもとに向かう。
緊張して上司の部屋へ入ると、そこにはエリーの姿があった。

でも彼女はいつものローブ姿ではなく、真っ赤なドレスを身にまとい、扇子《せんす》で口元を隠している。

あまりの衝撃に声は出せず動くこともできないでいると、上司が僕の前にやってきた。

「お前が言っていた黒真珠だ。王妃様が下賜《かし》してくれるそうだ」

おうひ……？

とんでもない言葉に目が点になる。恐る恐る彼女へ視線を向けると、そこにはいつもの笑みが浮かんでいた。

王妃様……。はっきりと顔を見たのは初めてだ。

結婚式の時は、大分遠くにいたせいで顔なんてわからなかった。

「ふふっ、早々にその研究を完成させ、国のために精進しなさい」

彼女は優雅に扇子《せんす》を煽《あお》ぐと、そのまま静かに部屋を出ていった。

（彼女が……王妃……）

信じられない事実に、どうやって研究室へ戻ってきたのか覚えていない。

もう一度会いたいと思っていた彼女に出会い、欲しかった黒真珠を手に入れたのに、嬉しさはなかった。

それよりも、初恋を完全に失ってしまった事実が、悲しみとなって僕を包み込む。

翌日。僕は傷心にもかかわらず、彼女からもらった黒真珠を使って、研究を進めた。

すると数週間ぶりに、彼女がやってきたんだ。

いつもと同じローブ姿で、屈託のない笑みを浮かべて。

その姿に、嬉しいと抑えきれない熱い気持ちが込み上げる。

「あっ、その……申し訳ございませんでした……、あの、王妃様とは知らずに……その……」

「ふふっ、何を言ってるのよ。私は王妃ではないわ。ただのエリーよ」

そうきっぱりと口にした彼女は、いつもと同じエリーだった。

そうして僕は国のために壁を作ることに成功する。

まさかこの物質がこんなに早く役立つことになるなんて、信じられなかった。

でも研究が終わってしまえば、彼女はもう僕のもとに来なくなる……

それはとても寂しく苦しいけれど、どこかほっとする自分がいた。

だってどれだけ想っても、彼女は王妃——王の妻なのだから。

しかしそんな僕の気持ちは杞憂《きゆう》に終わり、彼女はまた僕の研究室へ来るようになった。

時折、王も研究室へやってきて二人の仲睦まじい姿を見せつけられる。

僕に何か言う権利なんてなくて……ただ二人の姿を眺めていることしかできなかった。

「なぁ、エド……不毛な恋はそろそろ諦《あきら》めたほうがいいぞ」

肩を叩《たた》かれ慌てて顔を上げると、そこには同僚の研究員がいる。

「……なんのことでしょうか……？」

「お前……王妃様への好意がそんなに駄々《だだ》洩《も》れで、よくとぼけようと思うな。ここにいる全員にばれてるぜ。エドの気持ちに気がついていないのは、あそこにいる王妃様だけだろう」

同僚は陛下に寄り添う彼女へ視線を向けると、苦笑いを浮かべる。

「……どうしてそう思うんですか」

「あぁ、俺は王妃様と同時期に学園に通っていたんだ。彼女は学園でも有名人だったからな。大公爵家に喧嘩を売って生徒会へ入った女だぞ。いや、まぁ……それは置いといて……。彼女は周りが引くぐらいに恋愛には鈍感なんだよ。好意を厚意と受け取り、そこに恋情が入っているとは思わない。だからお前の想いもきっと、彼女はただの厚意としか受け取っていないぜ」

同僚はそれだけ話すと、ニヤリと口角を上げ、僕をじっと見下ろした。

そんなふうに、エリーと会うたびに切なく、苦しい想いが募《つの》っていく。

彼女と一緒にいることはとても嬉しい。

でも彼女には僕の気持ちは届かない。

はっきり言葉にしなければいけないのだろうが、そんな勇気はなかった。

そんなとある日。僕は城内である噂《うわさ》を耳にしたんだ。

王が妾《めかけ》を囲っていると……

(あれだけ素晴らしい王妃がいて、どうしてそんなことができるんだ)

僕は初めて、人に怒りを感じた。

彼女を裏切るなんて許せない。

ところが、噂《うわさ》を聞いて数日が経ったころ、王がエリーを探しに、研究室にやってきた。

彼女は今日、研究室には来ていない。

王は彼女がいないことがわかると、すぐに部屋を出ようとした。そこで僕は初めて自ら王へ話しかけたんだ。

「……陛下、無礼を承知で申し上げます。どうしてあれほどの素晴らしい王妃様がおられるのに、妾《めかけ》など作られたのですか？」

言わずにはいられなかった。

(彼女を手に入れているのに……どうして……ッッ。僕なら彼女を傷つけることは絶対にしないのに……)

「ふんっ、何も知らないお前に言われる筋合いはない」

冷たい言葉に怒りが湧き上がり、気がつけば僕は王に詰め寄っていた。

「彼女ほど、素晴らしい女性はいない。彼女を傷つけるなら……陛下であろうと許さない……」

「なら教えてやろう。これはあいつが望んだことだ。嘘だと思うなら、確認してみるといい。俺は妾《めかけ》などいらぬ。俺はお前よりずっと先にエリーと出会っているんだ。お前よりも……彼女のことを知っているッッ」

怒りを含んだその言葉に茫然《ぼうぜん》とする僕の手を振り払うと、王はそのまま立ち去る。

その後ろ姿を見つめながら、僕は彼の言葉を頭の中で反芻《はんすう》していた。

そうしてまた別の日。彼女が研究室にやってきた。いつもと同じ、笑みを浮かべて。

だけどその笑みは本当なのだろうか？

僕は彼女と出会ってまだ数ヶ月……王の言う通り、彼女のことをそれほど知らない。

彼女を目の前にし、僕は王の言葉を確かめずにはいられなかった。

傷つき無理に笑っているのなら、僕が助けになりたいと、そう思ったから。

「あの……その……なんと言えばいいのか……陛下が……その……ご存じですか……？」

「ふふっ、アルジーのこと？　もしかして噂《うわさ》を気にしてくれているの？　あれは良いのよ。だって私が望んだことだもの」

「望んだ……？　どうしてですか？　あなたは陛下を……」

「ふふっ、私たちはね、夫婦というよりも信頼できる友人といった関係なのよ。彼と婚約する時にそう話し合ったの。だからね、私は彼を支えてくれる人を探したの」

彼女に顔を向けてみると、いつもと同じ優しげな笑みを浮かべている。

「本当に……エリーはそれでいいの？」

そう恐る恐るの問いかけに、彼女は寂しそうに笑う。

「えぇ、私が選んだ道だもの、後悔はないわ。でもそうね、あなたと先に出会っていれば、違ったかもしれないわ。あなたといると心が穏やかになる。引き返したくなる……」

「そっ、それはどういう意味ですか？」

「ふふっ、たとえばの話よ、気にしないで。私はね、純粋にあなたのことを気に入っているのよ。なんと言えばいいか――」

ごまかすような笑みに、いつもとは違う何かを感じたが、それ以上何も聞けなかった。

彼女の告白めいた言葉に熱が一気に高まり、その後は何を話したのかは覚えていない。

もし僕が王より先に彼女に出会っていれば、変わっていたのだろうか。

そんなありもしない幻想を抱いて浮かれていた。

そして翌日、事件が起きる。

彼女が部屋で赤ワインを飲み、死んだのだ。

自分自身でワインに毒を入れたのか、はたまた誰かに殺されたのか、それは知らない。

突然の悲報に僕はその場で崩れ落ち、一晩中涙が止まらなかった。

王の発表では彼女は自害したそうだ。

けれど、どうして自殺なんて……

やっぱり、王が好きで愛人の存在に傷ついていたのだろうか……

昨日話した彼女は……やっぱり強がっていたのだろうか……

僕が最初に彼女と出会っていれば、こんな結末は起こらなかったかもしれない。

だが僕は彼女を見つけることができなかった。彼女を知った時には、もう結婚していたのだから。

僕はどうすれば良かったんだろうか。

何も答えが出ぬままに、僕は彼女を失ってしまった。

来世は彼女に出会えるだろうか。

出会えたら迷わずすぐに思いを伝えるのに。

彼女が誰かに囚《とら》われる前に――

そんなありえない未来を描きながら、僕は彼女の後を追うように城から身を投げたのだった。

†　†　†

真っ逆さまに落ちていく感覚に体がビクリッと跳ね、俺はハッと目が覚めた。

(今のは夢か……？)

薄暗い部屋の中、俺、ブラッドリーは浅く息を繰り返す。あまりにリアルな夢に狼狽《ろうばい》した。

寂しい、苦しい、そんな複雑な想いが胸にジリジリ残っている。

体を起こし隣へ視線を向けると、愛する婚約者のサラがスヤスヤと気持ち良さそうに寝息を立てていた。

俺はそっと彼女の髪へ手を伸ばし、よく手入れされた黒髪を一房からめとる。

「愛している。俺が……必ず幸せにするからな」

掬《すく》い取った髪へ唇を寄せると、彼女の寝顔を眺めた後、静かに瞳を閉じた。

†　†　†

——あなたに出会えて世界が変わった。

暗く不確かな道の先に、光が差したんだ。

光は大きくなって、僕自身を照らしてくれた。

その光の先にはいつもあなたの笑顔があったんだ。

ふと意識が目覚めると、クリクリと丸い黒い瞳が視界に映る。

柔らかな笑みを浮かべ、こちらへ駆け寄ってくる彼女の姿。

けれどその姿は僕の知る彼女ではない、だけどそれは紛《まぎ》れもなく愛しい存在。

エリー、どうして僕なんかに声をかけてくれたの？

僕と一緒にいて楽しかった？

先に出会っていれば……あの言葉の意味はなんだったの？

あなたはどうして死を選んだの？

何があなたをそこまで追い詰めてしまったの？

僕はあなたの役に立てていた？

ねぇ……あなたの本当の気持ちは……？

聞きたいことは一杯あった。だけどあなたの笑顔を見ると、全てどうでも良くなってしまう。

たとえ僕に向けられた笑みではなくても、あなたが幸せなら僕は幸せだから……

「――ブラッド、おかえりなさい」

エリーの声よりも少し高い声が耳に響くと、僕は自然と頬を緩める。

「ただいま、サラ」

彼女は記憶を持っていても、エリーではない。

それは十分にわかっている。

だから表に出るつもりはないんだ。

だけど時折見せる表情や仕草がエリーに重なると、こうやって無意識に僕が目を覚ます。

漆黒《しっこく》の瞳を真っすぐに見つめると、彼女は笑みを消し考え込むように僕の瞳を覗き込んだ。

「……もしかして、エド……？」

その呟《つぶや》きに、僕は目を見開き、尻込みするように後退《あとずさ》る。

すると彼女は僕の手を取り、心の底から嬉しそうな満面の笑みを浮かべた。

「やっぱり、そうなのね。懐かしいわね」

「どっ、どうして……わかったのですか？」

「ふふっ、それよりも……あなたに会ったら謝りたかったの。あの時はごめんなさい、驚いたでしょう……」

彼女はそこで悲しげに瞳を揺らすと、ギュッと強く僕の手を握りしめる。

「いえ……あの……その……」

言葉がうまく出てこない。

きっとブラッドリーなら自分の気持ちをはっきり伝えているだろうに。

「ブラッドはあなたの存在を知らないのよね？　だから直接伝えたかった。エリーはあなたに出会えて幸せだったわ。研究室に行くのが楽しみだった。だから暇があればエドのところへ行っていたの。心が弱って……どうしようもなくなった時でも、エドの顔を見ると元気が出たわ。……その……ありがとう」

彼女の手の温もりに、黒い瞳の奥に映るエリーの姿に、瞳から大きな雫《しずく》が頬を伝っていく。

僕のほうがあなたに救われたんだ。こんな僕にでもそう思ってくれたその事実が、とても嬉しい。

胸に熱い想いがこみ上げ、感情が想いがあふれ出す。

「エリー……僕は――」

あなたをずっと好きだった、愛していました。

そう言葉を紡ごうとした刹那《せつな》、ハッと我に返る。

違う、彼女はエリーではない。

この想いを伝えることは間違っている。

聞くことができなかったエリーの言葉を聞けただけで十分だ。

僕は深く深く息を吸い込み、おもむろに目を閉じる。

エドの意識を胸の奥へ閉じ込めると、ブラッドの感情が表に出た。

サラを好きだという強い気持ち、彼女の笑顔を守りたい、そんな想いが。

僕はブラッドの一部で、彼がサラを幸せにすれば、エリーもきっと幸せだろう。

そうなれば僕も幸せだ。

暗闇の中でゆっくりと瞼《まぶた》を閉じると、深い深い眠りに落ちていく。

その眠りの先では、エリーが僕の隣で笑いかけてくれていた。

「――あれ……サラ、どうしてここに……？」

「ふふっ、おかえりなさい、ブラッド。今日の夕食はね、あなたの大好物を用意してみたのよ。お義母様《かあ》に教えていただいたの。早く屋敷へ戻りましょう」

「あぁ、ただいま、サラ。それは楽しみだな。その前にだ、今日は婚約した記念日だろう。サラに似合うと思って買ってきたんだ」

「何かしら！　開けてもいい？」

「ああ、もちろん」

サラが小さな箱を開けると、その中には黒真珠があしらわれたシンプルな指輪が入っていたのだった。

新＊感＊覚ファンタジー！

レジーナブックス Regina

レジーナブックス Regina

平民少女、
まさかの成り上がり!?

野良竜を拾ったら、女神として覚醒しそうになりました（涙

中村《なかむら》まり
イラスト：にもし

とある悩みを抱えた少女、フロルはある日、森の中で一匹の子竜と出会った。けれど、平民が竜に触れるのはご法度。そのためフロルは無視するが、子竜はなぜかついてきてしまう……しょうがない、と一晩だけ連れて帰ってみたら、それから波乱の日々が始まって――!?　無自覚チートな平民少女の、うっかりサクセスファンタジー、開幕！

詳しくは公式サイトにてご確認ください。
https://www.regina-books.com/
携帯サイトはこちらから！

RC
Regina COMICS
自称 悪役令嬢な婚約者の観察記録。
1~3
大好評発売中!!!!!
原作=しき
漫画=蓮見ナツメ
Presented by Shiki & Natsume Hasumi
アルファポリスWebサイトにて
好評連載中!!
＼異色のラブ(?)ファンタジー／
待望のコミカライズ!
優秀すぎて人生イージーモードな王太子セシル。そんなある日、侯爵令嬢バーティアと婚約したところ、突然、おかしなことを言われてしまう。
「セシル殿下! 私は悪役令嬢ですの!!」
……バーティア曰《いわ》く、彼女には前世の記憶があり、ここは『乙女ゲーム』の世界で、彼女はセシルとヒロインの仲を引き裂く『悪役令嬢』なのだという。立派な悪役になって婚約破棄されることを目標に突っ走るバーティアは、退屈なセシルの日々に次々と騒動を巻き起こし始めて——?
アルファポリス 漫画 検索
B6判 / 各定価:本体680円+税
悪役令嬢の私はヒロインと
直接対決いたします!

RC Regina COMICS
大好評発売中!!
原作＝斎木リコ Riko Saiki
漫画＝藤丸豆ノ介 Mamenosuke Fujimaru
シリーズ累計15万部突破!!
今度こそ幸せになります! 1~4
異色の転生ファンタジー
待望のコミカライズ!!
「待っていてくれ、ルイザ」。勇者に選ばれた恋人・グレアムはそう言って魔王討伐に旅立ちました。でも、待つ気はさらさらありません。実は、私ことルイザには前世が三回あり、三回とも恋人の勇者に裏切られたんです! だから四度目の今世はもう勇者なんて待たず、自力で絶対に幸せになってみせます——!
原作 斎木リコ
漫画 藤丸豆ノ介
今度こそ幸せになります! 4
累計15万部突破!!
人生七度目
ついに勇者と幸せになる!?
異色の転生ファンタジーコミカライズ!
アルファポリス
B6判 / 各定価:本体680円+税
アルファポリス 漫画
検索

この作品に対する皆様のご意見・ご感想をお待ちしております。

おハガキ・お手紙は以下の宛先にお送りください。

【宛先】

〒150-6005 東京都渋谷区恵比寿4-20-3 恵比寿ｶﾞｰﾃﾞﾝﾌﾟﾚｲｽﾀﾜｰ5F
（株）アルファポリス　書籍感想係

メールフォームでのご意見・ご感想は右のＱＲコードから、
あるいは以下のワードで検索をかけてください。

アルファポリス　書籍の感想　検索

ご感想はこちらから

本書は、「アルファポリス」（https://www.alphapolis.co.jp/）に掲載されていたものを、改稿、加筆のうえ、書籍化したものです。

逃《に》げて、追《お》われて、捕《つか》まって

あみにあ

2020年 2月 5日初版発行

編集ー黒倉あゆ子
編集長ー太田鉄平
発行者ー梶本雄介
発行所ー株式会社アルファポリス
〒150-6005 東京都渋谷区恵比寿4-20-3 恵比寿ｶﾞｰﾃﾞﾝﾌﾟﾚｲｽﾀﾜｰ5F
TEL 03-6277-1601（営業） 03-6277-1602（編集）
URL https://www.alphapolis.co.jp/
発売元ー株式会社星雲社
〒112-0005 東京都文京区水道1-3-30
TEL 03-3868-3275
装丁・本文イラストー深山キリ
装丁デザインーAFTERGLOW
（レーベルフォーマットデザイン—ansyyqdesign）
印刷ー中央精版印刷株式会社

価格はカバーに表示されてあります。

落丁乱丁の場合はアルファポリスまでご連絡ください。

送料は小社負担でお取り替えします。


ISBN978-4-434-27077-2 C0093